永遠の昨日

榎田尤利

角川文庫
23109

永遠の昨日

1

雪が積もって世界は白い。

浩一はいつも俺の左側を歩く。自分の利き手を俺の近くに置き、急な事態に備えるためだと説明する。どこからか野球のボールが飛んできたり、無鉄砲な走りの自転車が突っ込んで来た時、俺の盾になるそうだ。

くだらない。

今時は女子だって、そんなたわごとには引くだろう。ちなみにボールが飛んできたことも、自転車が突っ込んできたことも一度たりともない。浩一が野良猫のフンを踏みそうになって、俺にぶつかってきたことならある。夏、死んだ蟬にビビって体当たりしてきたことは二回ある。浩一と俺は体格差が大きいので、いきなりドシンとこられると痛い。むしろおまえのせいで危ないと指摘したこともあるが、浩一はごめんごめんと笑いながら、やっぱり左側を歩く。

面倒なので、好きにさせている。

毎朝の通学路は、高校の通用門に続く道だ。

正門は七時半にならないと開かない。バスケ部の朝練がある浩一はそれより早く学校に着いている必要があるので、通用門を使う。俺は部活動はしていないし、当然朝練なんかないわけだけど、浩一の早朝登校につきあっている。早起きは苦じゃない。人が少なくて静かなのはむしろ快適だ。

俺たちの高校は東京の隅っこにあり、周囲はのんびりした風景である。

とくに、通用門に繋（つな）がる道……通称『裏道』は牧歌的だ。登校時でいえば、右手は学校の塀がつらつら続き、左はほとんど畑になっている。俺の家は数駅離れた商業地区なので、最初にこの畑を見た時はちょっとびっくりした。規模はそれほど大きくないけれど、季節ごとに色々な野菜が育てられていて、一年目はそれがなんの野菜なのかわからなかった。二年目、葉っぱを見て「あ、大根」とわかるようになったのは、浩一が教えてくれたからだ。

その畑も、今朝は一面の雪に覆われている。

今はちらほら降っている程度だけど、昨晩のうちに積もったみたいだ。とはいえ、しょせん東京の雪だから数センチ程度。しかも、天気予報によるとこのまま雨に変わるらしい。そしたらすぐ消えてしまうんだろう。

白のコーティングでごまかされた光景は、きれいで好きなのに。

畑沿いの裏道は広くない。一方通行ではないけれど、車がすれ違うには減速しないと危ないって感じだ。それでも幹線道路への抜け道になっているせいか、事情通の車がそこそこ通る。そしてそのわりに、歩道は狭い。ガードレールの設置も道路の片側のみ、しかも途切れ途切れだ。

左側に立つ浩一は、登校時には車道側を歩くことになる。

古いガードレールにはしょっちゅう車が接触するらしく、凹んだりひん曲がったり、それが放置されたままで歩きにくい。俺たちは歩道で横に並んだり、たまに電柱が邪魔で縦一列になったり、そしてまた並んで……やっぱり浩一は俺の左にくる。

今朝は雪のせいか、車はあまり走っていない。たまに配送の大型車が通ると、その風圧で前髪が乱れる。

雪が額にぶつかって、冷たい。

俺たちは傘を差していない。なにしろ歩道が狭いので、雨の時でもふたりで一本だ。まして雪なら傘はいらない。俺はダッフルコートのフードをかぶってて、浩一はニット帽。ベンチコートにフードがついているが、ほとんど使わない。視界が狭くなって、隣にいるみっちゃんが見えにくいから……そんな説明を真顔でされて、俺は「へぇ」とだけ答えた。

確かにフードは視界が狭くなる。

正面は見えるけど、左右が見えづらくなる。

耳も覆われてるから、ふだんよりは聞こえにくくなる。だとしても、聞こえなかったわけじゃない。それはちゃんと聞こえてて、俺は反応してそっちを向いて、だけどなんの対処もできなかった。ただ突っ立っていた。

あっというま過ぎて、無理だった。

浩一が宙に浮いて、落ちた。

歩道に突っ込んできたトラックは、俺の目の前で進行方向を変え、道路に戻った。利きの悪いブレーキ音だとか、トラックがガードレールを擦る音だとか、浩一にぶつかった音だとか……色々聞こえたんだと思うけれど、もう静かになっていた。

トラックは止まって、浩一は倒れていた。

雪が降っている。

世界を白くコーティングしている。

ポケットの中、右手だけ温かい。さっき浩一がくれたばかりの使い捨てカイロがあるからだ。

——みっちゃん、すげぇ手が冷たいのに、手袋しないし。

そう言って笑いながら、渡してくれた。

俺の名は青海満で、みっちゃんと呼ぶのは浩一だけだ。ほかのクラスメイトがふざけて真似たことがあったが、返事をせずに無視し続けたら三日と保たなかった。なれなれしくされるのは好きじゃない。俺は生まれついての無愛想だし、そんな自分に不満はないし、だからこれからもきっと無愛想だろう。もっと笑えば感じいいのにとか、せっかくきれいな顔だちなのにとか、そういう御意見も無用。俺だって笑いたくなったら笑うが、世の中にそんなに可笑しいことってあるか？　いったいなにが？　クラスの女子にそう聞いてみたら「青海って可愛くない〜」と呆れられた。

すると、横で会話を聞いていた浩一が、

——えっ、みっちゃんは可愛いぞ？

いきなり割り込んできて、大真面目に言ったのだ。

——こないだ体育の時とかさ、ただランニングしてるだけなのに、自分の足に躓いて転びそうになっただろ。あれとか可愛くて、俺は言葉を失ってた。ケータイあったら写真撮ったのに……！

女子は呆れ顔をさらに強調させ、俺は浩一を蹴った。座ったままだったのでたいした威力はなく、浩一は笑っただけだ。運動神経の鈍い俺にとって、あのランニングは地獄だったってのに……なにが可愛い、だ。ふざけるなと思った。

俺の足はなかなか動かない。

やっと一歩を踏み出すと、スニーカーがまだ誰も触れていない雪を踏みしめてキュッと鳴く。浩一に近づく。その身体は横向きに投げ出されていて、動かない。

「……浩一」

俺は呼んだ。立ったまま、雪の上で寝てる浩一を覗き込んで呼んだ。

交通事故なんか、テレビでしか見たことがない。

浩一のニット帽は脱げていた。頭部から血が浸みだして、雪にじわりと広がる。頭の形が変だった。ボコリと凹んでいる部分がある。

「こ……」

もう一度呼ぼうとしたとき、浩一の鼻から血が流れだした。

救急車呼ばないと。

でも俺は携帯を持ってない。このあいだ水没させてそのままだった。友達少ないし、携帯はそれほど使わなくて……浩一とは、毎日会ってるし……。

「おい……浩一ってば……」

現実味がない。これって夢なんじゃないだろうか。俺はまだ布団の中で、ぐっすり寝てて、やけにリアルな夢を見てるんじゃないのか。

でも、俺は知ってる。

これが夢ならいいのにって思って……それが本当に夢だったことなんか、ない。

誰かが近づいてくるのがわかった。慌てて、走って、雪で滑ってよろけて……たぶん、トラックの運転手だ。けど俺はその顔を見る余裕すらない。浩一を見下ろして固まっているだけだ。

「きゅ、きゅ……」

上擦った声が聞こえた。救急車、のきゅ、だ。バサバサと自分の身体を叩き出したのは、携帯電話の入ったポケットを探しているのだろう。

俺はその場に膝をついた。

浩一の鼻血が痛々しくて、かわいそうで、拭ってやらなくちゃと思った。そんなことより、優先すべき救命活動はあるだろうに、それができなかった。鼻血を拭いて、浩一の顔をきれいにしないと――それだけしか考えられなくなっていた。

俺が浩一の鼻の下に触れかけたその時だ。

ぱちりと浩一が目を開けた。俺は反射的に手を引っ込める。

さらに浩一はすぐに上体を起こした。怪我人とは思えない、結構な勢いでだ。雪の上にぼとりと携帯電話が落ちる。運転手が驚いて落としたのだ。

「み」

浩一は一音だけ発し、そのあとものすごい勢いで咳き込んだ。俺を呼ぼうとして、気管に入った血で噎せたらしい。慌てて浩一の背中をさすってやった。

　数日前の昼休み、ウーロン茶が変なとこに入ったと言って、やっぱりこんなふうに噎せていた。でもウーロン茶は赤くない。ネイビーのベンチコートに、血の染みがいくつもできる。

「ゲホッ……ゴフ……フゥー……」

　さんざん噎せたあと、浩一は肩の力を抜いた。尻餅をついたまま、顎を上げてため息をつく。まるで、ちょっとした運動のあとみたいな雰囲気で。

「──あれ、みっちゃん。怪我したのか」

　そして俺に向き直って、そんなことを聞く。

「は？」

「顔に、なんか血が……。あれ？　もしかして、今俺が噎せたやつ？」

「……そうだろ」

「俺、血、吐いたの？」

「………そうだな」

　俺は頷いた。浩一は頭を強く打った衝撃で、事故に遭ったことを認識できていないようだ。

「……なんか頭濡れて……うお、血だ。こっちも血だぞ、みっちゃん」

　そう、血だぞ。もっと驚いたほうがいいんじゃないのか？

「やだなー、もう、赤いのビビる……あっ、雪汚しちゃってるし」

座ったままで身体を捻り、自分の血に染まった雪を手でサカサカと消す。その手をベンチコートで雑に拭く浩一に、俺はさっきからずっと気になっていて、でもその質問をするのはどうにもためらわれ、言えずにいたことをとうとう聞いた。

「……痛くないのか？」

頭部からの出血が首までたらりと流れる。だが鼻血のほうは止まったようだ。

「え？　ああ、そっか。俺、転んだの？」

どういう転びかたをしたら、吐血するというのだ。

「いや。トラックがぶつかったんだ。……この人のトラック」

そこでようやく、俺はドライバーを見た。いまだ呆然と言葉もない中年男性は、落とした携帯電話を拾うこともできず、目を見開いて浩一を見ている。

「トラック？」

ガードレールに食い込んでいるトラックを見つけ、浩一は「あぁ」と頷いた。

「そんな感じだなぁ」

「なにまったりしてるんだおまえ。交通事故の被害者なんだぞ」

「みっちゃんだっていつもと同じ顔だぞ」

「俺はびっくりしすぎて、どんな顔していいかわからないんだ」

「……もうちょっとニコッとすると、さらに可愛いと思う」

「よく考えてものを言え。これがニコッとできる状況か？　とにかくじっとしてろ。いま救急車呼ぶから」

そう言いながらドライバーを見ると、ようやく慌てて携帯を拾う。まだその手は激しく震えていた。だが浩一は「ああ、いい、いいです。呼ばなくて」などと言うのだ。

「おまえ、なに言ってんの？」

「だって、大袈裟だよ、みっちゃん。こないだテレビでやってた。最近、ちょっとした怪我で救急車を呼ぶ人が多くて困ってるって」

「ちょっとした怪我で、頭が陥没するか？」

「でも、どっこも痛くねーんだもん。こんな元気なのに恥ずかしいじゃんか。救急車なんてのはさ、もっとジイちゃんになるまで、喉に餅を詰まらせるまで、取っておきたいじゃんか」

「おい、やめろ。動くなって」

「よっこらせ、と」

止めようとする俺を後目に、浩一はのそりと立ち上がる。俺も驚いたが、ドライバーはもっとだろう。携帯を構えたまま、うめき声をあげて数歩後ずさった。

俺は身構えた。浩一がよろけたら支えなければと思ったからだ。

とはいえ浩一は一八二センチのバスケ部、対して俺は平均をやや下回る帰宅部で完全インドア派である。ここで昏倒(こんとう)でもされたら、共倒れになる危険性は高い。怪我人に潰(つぶ)されて怪我したら洒落(しゃれ)にならない。

……などという懸念をよそに、浩一は倒れなかった。

薄っぺらな俺から見れば、羨望(せんぼう)を覚える筋肉質の身体はふらつきもしない。首はすでに真っ赤な血に染まり、顔色もかなり白いというのに、表情はいつもどおり温厚なとぼけ顔だ。この男の辞書に貧血という言葉はないのだろうか。

しかし。

あれ？

やっぱり――なんか、変だ。

歪(ゆが)んでいるというか……その肩の位置って、人体としてどうだろうか。

「んー？　なんか違和感が……」

本人も気がついたらしい。自分の身体を見ようと俯(うつむ)いて言った。

「みっちゃん。俺、肩が変じゃない？」

「……いや」

変なのは、肩ではなくて首。というか、頭部？　つまり、首から上が、90度真横を向いているのだ。

人間が頭部だけで真横を向くのは構造上無理だ。誰かに呼ばれて横を向くときは、自然と肩も回っている。試しに首だけで横を向こうとするとわかる。せいぜい斜めにしかならない。

今の浩一は、そういう人体構造の基本を無視している。

「あれ、首が変っぽい」

「……そうだな」

同意するしかなかった。実際そうなのだ。今が夏で、浩一がカッターシャツ一枚の姿だったなら、頸椎(けいつい)を無視して首が捻(ねじ)れている状態を、もっとわかりやすく視認する羽目になったのだろう。

「あら？　戻らないぞ。なんだこれ……しょうがねぇなあ……よっこらせッ」

ゴリッ、という音がした。

浩一が自分の頭を両手で抱えて、ぐるん、と強引に正しい位置へと修正したのだ。

ドサリ。

倒れたのはドライバーである。

その場で気を失ってしまっている。うん、その気持ちわかる……と俺は言いたかった。無茶なセルフ整体に、俺も血の気が引いたからだ。

やっぱりこれは夢なんじゃないだろうか？

試しに自分の手の甲を抓ってみる。冷え切った皮膚だが感覚はある。感覚のある夢なのだろうか。落ち着こうと深呼吸をして、もう一度浩一を見た。そして俺は、新しい事実に気がついてしまう。今度は、

「浩一…………足」

立っている浩一の、左右のスニーカーが互い違いの方向を向いている。つまり、右のつま先と左の踵が、同じ方向に揃ってしまっているのだ。

「はら？　なにこれ。うおっ、歩けん！」

そりゃ歩けないだろう。二本の足はお互い正反対の方向に行こうとするからだ。無理に進めば股裂き状態になってしまう。

「……膝か、股関節が捻れてるんじゃないか」

そうとしか考えられない。それで立っていられるのはどう考えてもおかしいのだが、いま俺の脳は、そのへんの追及を拒んでいる。根本的問題を無視して、あくまで上っ面だけに対処しようとしている。それでも思考停止しないだけ頑張っていると思う。

「おお。さすが医者の息子。んーと、あ、膝のあたりが妙なカンジ」

しばらく自分で触っていた浩一だが、やがて再び雪の上にぺたりと座った。そして俺に向かって左足を差し出す。

踵が上になっていて、ものすごい違和感だ。

「みっちゃん、戻して」

「俺が？」

「うん。俺、手ェ届かないから」

頑張っていた俺だが、ここで思考停止した。

そしてしゃがみこむ。首が平気だったのなら、足も問題ないはず……そんな屁理屈だけを頼りに、脛と足首の二点を持つ。でかい足だ。

「……ほんとに、痛くないのか」

「ないない。グリンッ、と一気にいっちゃってくれ」

夢なら、このへんで覚めてもよさそうなのに……。グリンッとした瞬間、俺はベッドの中に戻れるのだろうか。それにしてはなにもかもが生々しい。血のにおいだとか、スニーカーの固さだとか、雪の上についた膝の冷たさだとか。

やっぱり無茶だろ。痛くなくても、そんなことしちゃまずいだろ。

常識的な考えが脳裏を掠めていったが、すでに状況が常識的ではないので無意味だった。たぶん俺は一種のパニックに陥っていて、現況を受け入れることは困難であり、なんとか修復を試みたいと願っていて……そして浩一の足だけが、少なくとも表面的に修復可能なものだった。

言われたとおり、浩一の膝から下をグリンッと半回転させる。

関節の抵抗をほとんど感じないまま、足は戻った。見た目としては。そしてやっぱり夢は覚めない。膝の靭帯よ、今俺はおまえを無視した行為を働いたのだが、なぜ沈黙している？

「サンキュー。うん、上出来」

軽やかに浩一は起きあがり、トントン、とつま先で地面に挨拶をした。小学生が新しい運動靴をおろしたときみたいな仕草だった。

そしてニッ、と笑う。

いつもの顔で。でも白い顔で。

そろそろ、俺も覚悟を決めなければならないようだ。これは夢なんかじゃない。どんなに変でも、おかしくても、道理も辻褄も常識も無視されていても、いまここにこうしてあるものが現実であり、ならばそれを受け入れる必要があった。

「浩一」

「あ、おじさんを助けてあげなくちゃ。それこそ、救急車呼ぶべきなのかな」

「いや。待て。だめだ。たぶん気絶してるだけだから大丈夫だろ。……それよりな、ちょっとこっちこい」

「うん」

嬉しそうに、浩一が寄ってくる。

陥没した側頭部が迫ってきて、俺は眉(まゆ)を寄せた。周囲を見るとニット帽はすぐに見つかり、それを浩一に被(かぶ)せる。浩一は身を屈(かが)め、大人しく帽子を被せられている。これから大好きなお散歩に行く犬が、リードをつけてもらっているみたいだった。

俺は浩一の首に触れた。頭からの血で、赤い。そしてひやりと冷たい。何度か指先の位置を変えたが、俺の探しているものはない。

「くすぐったいよ、みっちゃん」

肩を竦(すく)めて浩一が言う。

どこだ。どこだ。どこにある。

……いくら探しても、ない。

「どこも痛くないんだな？」

「ないよ。ないない。とはいえ、頭へこんでると見た目的にアレだし、あとで一応病院に行こうかなあ。みっちゃんのお父さんとこがいいよな。あっ、俺、保険証持ってないや。ないと診てくんないかな？」

「……いや。病院には行かないほうがいい」

「なんで？」

「俺の予想どおりなら、大騒ぎになるからだ。今日の夕刊の見出しは山田浩一オンパレードだぞ。ニュースにもなる。日本のみならず世界中が震撼(しんかん)する」

「なんか難しい話？」

「いいか浩一。人の痛覚というのはな、もともと生命の危機を知らせるためにあるんだ。痛みを感じるから、人は自分の身を守れる。すごく稀に先天的に痛覚が麻痺している人がいるらしいんだけど、そういう場合、かなり注意深く生きていかないとならない。自分で気がつかないうちに、致命的な怪我をしたりするから」

「んん？」

「痛みを感じないなんて強そうに聞こえるけど、実は正反対だ。生きている限り、俺たちは痛みと縁を切れない」

「あのさ。簡単に言ってくれよ。俺はみっちゃんと違って頭悪いんだから」

わかった。

では、簡単に言おう。とても一般的な言葉で。

「浩一。おまえ、たぶん……もう死体だ」

「さっぱりわからない」

腕組みをして眉をひそめるのは、クラス委員長だ。

一年の時も委員長で、当時からずっと委員長と呼んでいて、担任教師も委員長と呼ぶし、クラスメイトももちろんそうだし、黒縁眼鏡がまた実に委員長めいていて、もはや名前以上に『委員長』が板に付いている委員長なのである。たぶん卒業しても、委員長と呼ばれ続けるだろう。

「だから、浩一はトラックとぶつかった。たぶん頸髄離断で即死だった」

「青海の冗談は、僕には難易度が高すぎる」

「俺は冗談は言わない」

「そうなんだよ、みっちゃんって冗談飛ばすキャラじゃないんだ。顔は可愛いけど、クール系」

「山田、青海はおまえが死んだって言ってるんだぞ？」

委員長が浩一を見て言い「……そりゃ顔色は悪いけど」とつけ足した。

早朝の医務室だ。俺と浩一は、失神したままのドライバーを置き去りにし、逃げるように登校した。畑沿いの道には、誰も目撃者はいなかったはずである。

「死んだとは言ってないが、心臓が動いてない」

「いや、それ、死んでるだろう？」

「死んでたら、動いたり喋ったりしないだろ」

自分で言いながら、支離滅裂だと思った。それでも今は、これを貫き通すしかないのだ。事実、浩一の心臓は止まっていて、でも動いたり喋ったりしている。

「俺、頭もぶつけちゃってさあ。ちょっとへこんでんだぜ？」

浩一はニット帽を取り、明るい調子で委員長にその陥没を見せた。委員長の顔が見る見る険しくなっていく。さっき、心臓が動いていないのも確認させたのだが、その時は「いやいや」と半笑いだった。頭部陥没のほうがインパクト大らしい。

「……なんか……やっぱりわからないけど、だからって学校の医務室に連れてきてもしょうがないんじゃ……」

「ほかに適当な場所があるというなら教えてくれ」

俺が言うと、委員長は「青海んちは病院じゃないか」と返した。

「そうだ。しかもうちの父親は金と名声が大好きな、辣腕経営者タイプだぞ。マスコミを利用するのもうまい。『生きている死体、奇跡の高校生山田浩一くん』だとか、恰好のネタだよな。おまえ、委員長のくせにクラスメイトを世間の好奇の目に晒して、心が痛まないのか？」

「だからって、隠しておけるもんじゃないだろ。……その、山田が死体だっていうのが、本当ならだけど……」

「隠せる。本人、動いてるんだから」

「事故を起こしたドライバーが警察に通報してるはずじゃ……」

「かもな。放置してきたからわからないけど、よっぽど悪人じゃなきゃ、警察に届けてる。でも被害者は消えてるんだ」

「血痕は」

委員長のもっともな指摘に、俺は窓の外を見ながら「もう雨に変わった」とだけ返した。雨はすぐに雪を溶かし、道路を洗い流してしまうだろう。仮に血痕が発見されたとしても、誰の血なのかもわからない。その場合、加害者であるドライバーがどの程度の罪に問われるかは、俺たちにはどうでもいいことだ。

「……あれ。なんか、ズボン裂けて……濡れてる……？」

パイプ椅子に座っていた浩一が、ボソリと呟いた。俺はすぐに浩一を立たせる。椅子に小さな血溜まりができていて、委員長に「これ拭いてくれ」と頼む。

「えっ、僕が？」

「浩一を拭くほうがいいか？」

委員長はすぐさま立ち上がり「椅子拭きます」と答え、部屋の隅にある掃除用具入れに向かった。俺はベッドスペースを仕切っているカーテンを開けて、浩一をベッドの前に立たせる。

　それからゴミ袋を何枚か用意し、まず一枚を裂いてシート状にし、ベッドに広げる。さらに一枚を浩一に渡した。

「血のついてるものはぜんぶ脱いで、ここに入れろ」

「うん」

「いや、血がついてなくてもぜんぶ脱げ。パンツはいい。身体の状態を見てみる」

「うん。……うお、ズボン、こんなに血が染みてた」

　俺たちの制服は黒い学ランなので、わかりにくかったのだ。ボクサーパンツ一枚になった浩一を見て、俺はぎょっとした。左の太腿(ふともも)前面に大きな裂傷がある。脚のつけ根から膝(ひざ)方向に、斜め二十センチばかりの長さで、ぱっくりと口を開けている。出血はもう止まり、黄色っぽい脂肪層が見えてて……正直、グロい。椅子を拭き終えてこっちに来た委員長が、そのまま後ずさった。

「……ガードレールのエッジで切ったのかな」

「ベンチコートに隠れてたし、わかんなかったよ。これ、どうしよ。バンドエイドじゃ閉じないよなあ」

「……緊急時に止血でガムテープを使うのは聞いたことあるけど……血は止まってるんだよな……でもこのままってわけにも…………委員長」

　距離を取ったままビクついていた委員長に声を掛けると、身を竦めた。

「なっ……なに？」

「裁縫キット持ってたよな？」

「……青海、まさか」

「そう。シュワルツェネッガーとか、自分でよくやってるだろ」

「あれは映画だ。それにスヌーピーの裁縫セットは使ってない……！」

「糸は何色でもいい。応急処置だから」

渋る委員長を急かして、コンパクトな裁縫セットを出させた。今時は男子でも持っているべき……と以前自慢げにしていた委員長だが、滅多に使う場面はなかったのだ。役に立ってよかったではないか。色糸も揃っていて、とりあえずピンクをチョイスした。肉の色に近いかなという選択である。

「浩一。縫うから、そこに寝て」

浩一はようやく「えっ」という顔になった。さすがに縫われるのには抵抗を感じたのだろう。だが、再度しげしげと自分の傷を眺め、覚悟を決めたようだ。大人しくベッドに横になった。

「しつこいようだが、痛くないんだな？」

「うん。ぜんぜん」

なんでだろう。死体だからだ。でも動いて喋ってる。でもなんで……。

……という一連の思考を自分の中から追い出す。この思考ループに嵌まったら俺はきっと動けなくなる。

針に糸を通して準備をし、必要なのかわからないが、傷口を消毒した。鮮やかな色の傷口……人体だと思うな。今俺が見ているのはキロあたり幾らの肉だ。浩一には悪いが、そう思いこむことにする。確かに俺は医者の息子だけれど、だからって生々しい怪我を見慣れてるわけじゃないんだ。

「あんまり密に縫うと、動くときに攣るだろうから適当にしとく」

「うん。……すごいなぁ。みっちゃんって、なんでもできるんだなぁ」

「きれいには縫えない」

「いいよ、傷は男の勲章じゃん。ブラック・ジャックかっこいいじゃん」

「ブラック・ジャックはピンクの糸じゃないけどな」

実に適当な縫合を終え、その上から包帯でぐるぐる巻いておいた。浩一が身体を起こしても血は滲んでこないし、立っても動いても不自由なさそうだ。完全に外れているはずの膝関節についても、やはり考えないことにする。

太腿のほかに大きな外傷はなく、あちこちに小さなすり傷ができているくらいだ。

「なんか、いつもより下腹が出てる気がすんだけど。朝飯食ってないのに」

「……気にするな」

臓器の一部が破損してずり下がっている可能性――それを口にしたところで、誰になんの益があるというのか。だから黙ったまま、俺はもう一度浩一を座らせた。委員長に浩一のジャージをもってきてくれないかと頼む。委員長は素直に頷き、俺が返そうとした裁縫セットは「それは、やる」と受け取らなかった。たぶん、委員長も今は混乱しすぎて思考停止だろう。真面目が服を着ているようなやつなので、この件を他言したりはしないはずだ。

「ほら、後ろ拭いてやる」

「うん」

浩一の首から広い背中を清拭し、ついでに確認してみる。頸椎は……これはやばいんだろうな……だが背骨は折れてはいないようだ。さすがに背骨が折れてたら直立は難しかろう。いや、でも筋肉が根性で支えたりするのか？　筋肉の根性ってなんだ？俺もだいぶ混乱している。

頭部からの出血も、もう止まっていた。傷口そのものは大きくはなく、問題は脳の損傷だと思う。いや、問題は心臓が止まっ…………ストップ。考えるな。

「なあ。本当に俺、死体なの？」

よくよく考えてみると、ものすごく奇妙な質問である。死体本人が聞いているのだから。それでも俺は淡々と答えるしかなかった。

「少なくとも、心臓は動いていない」

「でもほら、息はしてるんだぜ？　スー、ハー、って。な？」

「心臓が動いていないのになんで呼吸してるのか、俺がおまえに聞きたいよ」

そもそも心臓の役割は、血液を身体に巡らせるためのポンプだ。新鮮な血液を全身に送り出し、また、二酸化炭素や老廃物で汚れた血液を受け取って肺へと送る。血液は左右の肺で酸素を受け取り、再びきれいになるわけである。その酸素を取り込むために人間は呼吸をしているわけで、心臓が動いていないのに呼吸をしているのは、はっきり言えば無意味だ。死体は呼吸をしなくてもいい。いや普通の死体はしろと言ってもしない。できない。

「うーん、あれかなぁ。クセみたいなもんなのかな？」

のほほんとした声が言う。なくて七癖……いや、でもそれに呼吸を入れるのはどうなんだ。呼吸は不随意運動であって、癖とは違う。ああ、だめだ。考えれば考えるほど混乱がひどくなる。俺は思考を別の方向に無理やりシフトする。浩一の髪でカピカピに固まった血を取ることに集中したのだ。医務室はお湯が出るのでありがたい。タオルを濡らして、地道に取っていく。

委員長が浩一のジャージをもってきてくれた。浩一はそれを着て、「あー、寒かった」などと言う。痛覚はないのに、寒暖は感じるのか。

「やっぱり、死んでるようには見えない。信じられない」

我らが委員長は、よく言えば真面目で正義感が強い。そして悪く言えば融通が利かない。最初にさほど驚かなかったのは、事態の掌握に時間がかかったせいだろう。ジャージを取りに行ってるあいだに、じわじわと異常な現状を認識し、自分の常識の範疇にある辻褄を必死に探そうとしているのだ。

「……その『死んでる』っていうのやめないか？　なんか感じ悪いし。……あ、まだここに血がちょっとついてた。こら、動くなよ浩一」

「だってみっちゃん、髪の毛引っ張るんだもんー。いてて」

「けど、青海。山田が本当に心停止してるなら……」

「いて！」

「なんでトラックにぶつかっても痛くないやつが、髪の毛引っ張られただけで痛がるんだ。……ああ、これもう切っちゃったほうが早いかな……本当はシャンプーすりゃいいんだろうけど……」

「青海。山田は、ほんとは死んでないんだよな？」

「何度も言わせるなよ委員長。こいつの心臓は止まってるんだってば。たぶん、頸椎のダメージが致命的だったんだと思うけど……よく頭が無事に載ってるよな……」

「俺の首、頑張り屋さんだから」

褒めてほしそうな声で浩一は言ったが、スルーする。

一方で委員長は「死体は喋らないだろ」といくらか苛ついた口調になっていた。

「そもそも、どうして動ける？　ゾンビじゃあるまいし。おまえたち、あれだろ。すごく手の込んだ仕掛けをして僕をからかってるんだろ」

「委員長、落ち着けって。頭を陥没させてまでおまえをからかう理由が、浩一にあると思うか？」

「な……ないけど」

「これは確かに異常事態だが、現実だ。……やたらとリアルな夢なのかなって、俺も何度か思ったけど、違う。リアルに現実だ。そんなに信じられないなら、こいつに触ってみろよ」

「えっ。いや、いい。遠慮するッ」

「それは浩一に失礼な態度だぞ。死体を差別するな。ほら」

こうなったら実力行使である。

俺は委員長の手を掴み、強引に浩一の顔に触れさせた。差別はよくない、と日頃から主張しているせいなのか、委員長はたいした抵抗もできず、顔を歪めながらも、ベッドに腰掛ける浩一の頬に触る。

「ひぃ。つめた……」

「な？　生きてるやつの温度じゃないだろ？　外の気温くらいだな。でも本人は寒くない……そうなんだろ、浩一？」

「うん。特別寒くはないなぁ。いつもの冬と一緒」

「か、仮死状態とかじゃないのか？」

「歩いたり喋ったりしたら、それは仮死状態とは言わない」

「お……おまえ、なんでそんなに冷静なんだ、青海」

「だよなー。みっちゃんってすげえ冷静。ソークール。俺、頼りにしちまうぜ」

「おまえも、なんでそんなに平然としてるんだ、山田。自分が死んだんだぞ？」

声を上擦らせる委員長に、俺と浩一は同時に言った。

「じゃあ、どうすればいいんだ？」

教えてほしいさ、俺だって。

浩一はもっとそうだろう。心臓止まっちゃったけどどうしたらいいんだって、たぶんもう百回は考えたはずだ。そして百回とも答なんか出ない。ベッド脇に立つ委員長は、口をパクパクさせながら、必死に言葉を探しているようだった。でもいくら考えたところで無駄だ。思い詰めるタイプの委員長はどんどん顔色が悪くなっていき、俺はなんだか気の毒に思えてきた。

「あのな、委員長。確かに浩一はいま死体状態にあって、なのに動いて喋ってる」

なるべく、穏やかな口調を心がけた。

「生きている死者、とも言える。前例のない奇天烈な事態だ。でも考えてみてくれ。逆よりよくないか？　つまり、死んでいる生者だ。心臓は動き、脈も血圧も正常で、身体は温かく、なのに動かないし喋らない」

「……それって……いわゆる、植物状態なんじゃ……」

言われてみればそうだ。俺は頷きながら「まあそんな感じ」と曖昧に返す。

「浩一がそうなってたら、どうだ？」

「そりゃ、悲しいよ……」

「うん、すげえ悲しい。俺、そんなのやだなあ……」

浩一本人までがしみじみと言う。

「だろ。なら、こっちでまだよかったじゃないか。こうなった原因も理由もなにもわからないけど、とりあえず浩一はこうして元気なんだ」

「げ……元気？」

委員長が怖々と浩一を見て言う。浩一は「うん、元気」と見る者を自然とリラックスさせる笑みで言った。そうだ、元気だ。元気でいいじゃないか。心臓止まってるけど元気なんだ。本人がそう言ってんだから、それでいい。

「でも……病院とか、行かなくていいのか……？」

「さっきも言っただろ。浩一の状態が世間にばれたら、大騒ぎになったのち、さんざん調べられて、弄くりまわされて、大学病院とか厚労省とかも出てきて、まず間違いなく強制入院で隔離だろうな」

「俺、隔離されんの？　それは困るなァ」

「……つまり、秘密にしなきゃまずいんだな？」

「おまえの力が必要だ。クラスをまとめてほしい」

コクリ、と俺は委員長を見て頷いた。

「え？」

「浩一は死体……いや、死体状態だ。でも生きている。浩一には人権があり、授業を受ける権利もある。今までと同じ、高校生活を継続させたい」

そうだ。

今までと、変わらない日々。なんでもない昨日から続く今日。ずっとずっと続く俺たちの生活。浩一と並んで学校に行って、浩一と向かい合って弁当を食べて、帰りにマックに寄って宿題教えてやって——。

それを途絶えさせない。

「とはいえなにしろこの顔色だし、触れば冷え冷えだし、頭は陥没してる。毎日顔を合わせるクラスの連中に隠し通すのは難しい。騒ぎになるのは時間の問題だ」

「それは……そうだろう」

「だからばれる前に、現状を話す。浩一の状況を打ち明けて、納得してもらって、クラス全体の協力を得たい」

「え〜、納得してくれっかなあ？」

　間の抜けた合いの手を入れたのは、死体ご本人だ。俺は浩一を「おまえは黙ってろ」とちょっと叱って、再び委員長を見た。黒縁眼鏡がずり下がり、困惑甚だしい顔になっている。

「無茶だよ、青海……どう納得させろって言うんだ」

「無茶でもやる。そもそもこの事態が無茶なんだ。諦めて無茶を受け入れてくれ。このままだと、浩一は病院に隔離、なんならＷＨＯあたりに送られて最悪解剖だぞ。クラスメイトが切り刻まれてもいいのか？」

　だいぶ脅し気味になったが、絶対にないとも言い切れない展開だ。

「なにしろトラックとぶつかっても死ななかった男だぞ。解剖されて細切れになっても、まだ死なないかもしれない。みじん切りになった浩一は、夜な夜な委員長のベッドを訪ねてくるかもしれない」

「や、やめろよ！　怖いじゃないか！」

　ホラー耐性の低い委員長が身を硬くする。

一方で浩一は「俺、そんなことしない……」とぽそっと呟いた。わかってる。おまえはそんなジメジメしたやつじゃあない。みじん切りになったとしても、むしろ俺のところに遊びに来るだろう。

でも今は、委員長をこっちサイドに取り込むのが先だ。

「大丈夫だ。詳しい説明は俺からみんなにする。今日の一限は……現代文だからちょうどいい。委員長は小河先生を追い出してくれればいいんだ」

「追い出すって、そんな無茶な」

「緊急のホームルームってことにしよう。担任なんだから、委員長が言えば融通してくれるだろ。あとは、俺の隣でもっともらしく頷いててくれればいい。この突拍子もない状況の説得力が増す。……たぶん」

「たぶん、て……」

「おまえだって、浩一を守りたいだろ？　みじん切りにさせたくないだろ？」

「あ、あたりまえだろ。友達を刻まれたいやつなんかいないよ！」

そう、そうやって本気で口にできる真っ直ぐさが、委員長の持ち味だ。クラスメイトを巻き込むに当たり、下手な芝居をされるよりもよほど効果的なはずだ。

「でも、青海、それで仮にクラスが納得したとしても……学校が終わったらどうするんだ。山田が家に帰れば、どうしたってバレるだろ」

「とりあえず今日は俺の家に来させる。うちは母親いないし、父親は病院に詰めてて帰ってこない。帰ってきても、子供にはほとんど干渉しない人だしな」

明日以降については、後回しだ。まずは目前のタスクを片づけていく。

俺のこういう合理的なところを浩一は羨ましがるが、俺自身は好きではなかった。たぶん父親譲りなんだ。それでも、今はこの性格傾向をフルに発揮し、怪奇現象ともいえる事態を現実に落とし込む必要がある。

委員長はしばらく目線を落とし、考えていた。

やがてその目がベッドに座っている浩一に落ち着く。でかい図体を学校ジャージに包み、ちょっと困った顔で委員長を見上げている。その頭の一部はやはりどう見ても陥没していて、見つめられて気まずいのか、ニット帽を両手で揉むようにしながら、もじもじしていた。

「わかった」

委員長が言った。

「やってみよう。うまくいくかはわからないけど……少なくとも僕は、おまえたちの味方をする」

よし。ひとり巻き込めた。

そんな内心は顔に出さず、俺は安堵の口調で「よかったなあ、浩一」とだけ言った。

浩一はウンウンと頷き、委員長に「ありがとな」と笑顔を見せる。それは嘘のない笑顔なので、委員長の顔も自然と綻んでいた。

ちょうどそこで朝の予鈴が鳴った。

「よし。行くぞ浩一。……ニット帽かぶっとけ」

俺が言うと、浩一は素直に従いながらも「校内でかぶってたら、先生に怒られるかも」と気にしている。

「健康上の理由です、でいいんじゃないか？」

委員長がそうアドバイスした。頭部の陥没だから間違ってはいないが、取って見せてみろ、と言われると困る。

「……円形脱毛症になった、でいこう。それだとたぶん、見せろとは言われない」

「みっちゃん賢いな！」

「青海の機転と問題対応力はすごいと思う……やっぱり医者になるのか？」

「ならない」

「どうして？」

親が医者、かつ病院経営までしていると、しばしばこの質問を向けられる。ついでに言うと俺は成績もいいので、有名大学医学部コースなんだろうと勝手に決めつけられる傾向もある。

「向いてないと思うから」

「そうかな。冷静だし、外科医とかよさそうだ。僕が患者だったら、愛想はいいけど腕はイマイチの医者より、無愛想で素っ気なくても腕のいい先生を選ぶけど」

「無愛想で素っ気なくて悪かったな」

「あっ、そういう意味じゃなく……」

他意はなかったのだろう、慌てる委員長に「いいよ。実際そうだし」と返したあとで、俺は続けた。

「うちの父親がまさしく無愛想だけど腕のいい、って部類だ。医者としては結構優秀なんだと思うけど、でも」

結局俺の母親は助けられなかったし……そんな言葉が浮かんだけれど、振り払う。別のフレーズをチョイスし「ああなりたいとは思わない」と言った。

「みっちゃんのお父さん、すんごい忙しそうだもん。病院に泊まり込むのも多いし」

浩一はまったく無意識だったろうが、絶妙なフォローがきた。委員長は「そうか、激務だもんなあ」と、俺が医者を目指さない理由を勝手に決めてくれる。

「あ、そうだ。山田、志望校調査の提出してないだろ？　小河先生が困ってたぞ」

「おお、忘れてた……学部の絞り込みができてなくて……」

「山田は理系だよな？」

「うん。工学系。医学部とかはムリ」

「だよな。うっかり医学部入って献体と間違われても困るしな」

委員長にしてはきわどいジョークを言うなあ……と思いながら顔を見たら、大真面目だった。天然め。「だよなァ」と返している浩一も同類である。

それともふたりとも、真顔で冗談を言い合うという高度なお笑いの域に達しているのだろうか。なんだかもう、わけがわからなくなってきた。

とにかく、教室はもうすぐだ。

「そういったわけで」

委員長が教卓の前に立って言う。

俺の目論見通り、一時間めの現代文は、急遽ホームルームに変更された。どうしても生徒だけの話し合いが必要なんですと主張する委員長に、小河先生はいつもの穏やかな声で「今日だけだよ」と根負けしたのだ。

「山田浩一くんは、トラックとの接触事故により心停止という状態にあり、顔色も悪く体温も低くなっています」

クラスメイトたちは、ほとんどがぽかんとしていた。

どうしちゃったんだ委員長、そんな冗談をかますキャラじゃないよな、っていうか盛大にすべってんだけど……などの内心が読み取れる表情だ。

「これが世間一般、あるいはマスコミにでも広まれば、大騒ぎになります。山田くんが普通の高校生活を送ることも難しくなるでしょう。僕らは山田くんの『学ぶ権利』を守るためにも、当面この事態を徹底的に伏せ、クラス内だけの秘密とすべく、協力しあいたいと思うわけです」

委員長が言い終わると、微妙な間のあとで、二年C組は笑い出す。

中には呆れ笑いや嘲笑もあった。まあ、想定内の反応だ。この説明だけで信じろというほうが無理な話である。ニット帽を被ったままの浩一は、教室前方の隅に椅子を置き、俺と並んで座っていた。みんなにつられて自分まで「あははは」と笑っているが、その顔色は相変わらず真っ白だ。

笑われた委員長は、なおも言葉を重ねる。

「ええと、つまりですね。もし自分が山田くんのような立場におかれたら、どんなに不安かを想像してもらいたく……」

その想像は難易度高すぎるだろ。心停止してるけど動いて喋ってるなんて、想像しようがない。すでにクラスの半分は委員長の話など聞かず、女子はお喋りに興じだし、机に伏せて寝の姿勢に入る男子もいる。それでもある程度まで聞いてくれたのは、浩一のキャラクターがクラスで愛されているせいだ。浩一が委員長を巻き込んで、なにか変わった冗談を始めたとでも思ったのだろう。

「みんな、頼む、聞いてくれ」

必死な委員長に「いやいや、心停止ってさぁ」と前方の席の男子がにやにやしながら口を開いた。

「山田いつもどおりじゃん。ちょっと顔色悪いくらいで、動いて喋ってんのに、心臓止まってるって言われてもなー」

「でも本当に、心臓は停止しているんだ」

「心臓止まったら死ぬっしょ」

「まあ……普通はそうなんだが………そうじゃないケースが今まさに起きているわけで……」

「はーい、じゃああたし、山田の心音確かめてみまーす！」

そう言って挙手したのは橋本郁美だった。いくらか色を抜いて、サイドだけをシャギーカットにしたロングヘアを揺らしながら立ち上がる。

彼女が浩一に好意をよせているのは周知の事実なので、囃すような声が上がった。

「橋本ってば、山田に触りたいだけじゃーん」

「おお〜、彼の鼓動を感じるチャンス到来！」

そんなふうにからかわれても意に介さず、むしろ満更でもなさそうに笑っている。あっけらかんと物怖じしない性格の橋本は、夏休み前、浩一に想いを告白した。そしてその場で「ありがと。でもごめん」とふられている。本当に即答で、橋本が「あのさ、もうちょい考えるふりしよ？」と窘めたくらいだった。俺もその場にいたのでよく覚えている。

たたん、と軽い足取りで、橋本は浩一のそばまでやってきた。そして、

「心停止を確認するため、お触り許可いただけますでしょーか！」

などと明るく聞く。ふられたあともとくに態度を変えることもなく、あっけらかんと明るい。俺は時々、橋本と浩一ってちょっと似てるなと思う。

浩一は返事に戸惑い、俺を見た。

「みっちゃん、いい？」

「なんで俺に聞くんだ」

「いや一応……」

「触らせてやれよ。話が早い」

「そっか。みっちゃんがそう言うなら」

長身が立ち上がり、橋本に一歩寄る。

再び囃し立てる声の中、橋本は最初こそふざけた様子でみんなにピースサインなど出していたが、いよいよ触れようと向き直って浩一を見上げ、一瞬固まった。

「山田……ほんとに顔真っ白だね……」

「うん。そんなに出血してないんだけどな」

「なんか顔に塗ってる？　ファンデ的なものとか……」

「あはは、なんで俺がそんなの塗るの。はい、心臓、このへん」

浩一が自分の胸を指さし、橋本がおずおずと手を伸ばした。指先だけがジャージに触れたが、そこで止まってしまう。本能的に、なにかに怯えているような顔だった。

「そんなんじゃ、わかんないだろ？」

「ひゃ！」

浩一に軽く手首を摑まれ、橋本が叫んだ。その冷たさに驚いたのだ。橋本がふざけていると思ったのか、クラスメイトたちは笑っている。けれど、

「やだ、やだやだ！」

「橋本？」

「は、離して！」

触らせろと請われて応じたのに、今度は離せと言われる。浩一は困ってしまったのだろう、まだ橋本の手を摑んだまま、俺を見た。

「やだ、無理、ほんと離して……！」

すっかり怯えた橋本が涙声をあげる。慌てて浩一は手を離し、身体も一歩後ずさる。ごめん、と小さく言って俯いてしまう。ここでようやくクラスの連中も、橋本が本気で怖がっているのだと気づき、教室は妙に静かになった。

俺はため息をひとつ吐いたあと立ち上がり、冷静に言い放つ。

「橋本。そっちが触りたいって言ったんだろう？」

「だって、山田ってば本当に冷たくて……死んでるみたいに冷たくて、怖い……」

「最初にそう説明したじゃないか。心停止してて、体温も低いって」

「そんなん、信じられるわけないよ！」

橋本はパニックになりかけていた。これはまずい展開だ。ひとりがパニックになると、それはたちまち周囲に伝染してしまう。さて、どうするか……。

俺はまず、橋本をもとの席まで穏やかにエスコートした。座らせて、ポンと軽く肩を叩き、次は教卓の前へと移動する。なるべくゆったり、堂々と歩くようにしたのは、いわば演出だ。そして黒板の前に立ち、チョークを手にしながら、

「言っておくが、浩一は生きてるからな」

まずそこを強調した。人はなんだかんだで、『死』というパワーワードを怖れる。

「動いて喋ってるんだから、生きてる。とはいえ、身体はこういう状態だ」

カッカッと音を立てながら、教師顔負けの速さ、かつ読みやすい楷書で、一気に板書した。

山田浩一の現状
脈……なし
血圧……測定不能
体温……体温計で測定不能域の低温
瞳孔……正常
心音……なし
呼吸……あり、ただし惰性とみられる
意識……正常

「最後が大事。意識が正常なんだから、当然感情もある」

『意識』の文字を赤いチョークで囲む。そして浩一を手招いた。いつもより不安げな表情の浩一がのっそり歩き、俺の隣まで来た。小さな声で「大丈夫だ」と囁いてやると、少しだけ笑う。

俺は黒板に、さらにこうつけ足した。

事故による損傷……側頭部陥没、左大腿部前面に裂傷、その他

「感情があるんだから、心ない言葉ひとつで浩一は傷つくんだ。動いてないハートでもブロークンする点は、配慮してほしい。……浩一、帽子取って」

「うん」

浩一がニット帽を取る。一番前の席の男子が身を乗り出すようにして、「……やばい。本当に凹んでる」と言う。何人かが果敢にも自分の目で確認しようと前に出てくると、浩一は身を屈めて「ほら、ここ」と見やすいようにサービスしている。

「うっわ……山田、痛くないのか」

「うん、痛くはないんだ。ほかの傷も」

「お……青海、あれか。山田は脳死みたいなもんなのか。このケガじゃ、脳にかなりダメージあったはずだろ？」

その質問に、俺は淡々と答える。

「脳死ってのは、医療技術でかろうじて生かされているけど、脳の機能はすでに生存できないレベルまで下がっている状態をいう。意識がなく、脳波も平坦、自力では呼吸もできない……ほかにも細かい決まりがあって、すべての条件を満たした時点で脳死と判定されるんだ。もちろん動けないし喋れないが、心臓は動いている。浩一の場合、動けるし喋れる。ま、心臓は止まってるけど」

「え……えっ、じゃ、心臓は止まってるけど、脳は機能してるってことか？」

「それはないだろうな。心臓が動かなければ血流が止まり、脳はすぐ酸欠になってしまう。臓器の中で、一番酸素の消費量が多いのが脳なんだ」

俺がそう答えると、別の女子が挙手する。なんだか教師になったみたいだ。

「なら、山田くんは脳もダメになってるってこと？」

「そう考えるのが妥当だ」

「脳がダメなのに、どうして考えたり喋ったりできるの……？」

知るか。そんなこと神様にでも聞いてくれ。

と、返したい気分だったが、ここで俺が投げ遣りになってはいけない。うまくみんなを誘導しなければ。浩一の現状を認めさせ、だが怖がらせず、かつ秘密を共有してもらうためには……。

「脳の在り処はわかっている。みんなも知ってのとおり、俺たちの頭蓋骨の中だ。でも、心は？　心はどこにある？」

ごまかすしかない。

全力でごまかす。力の限りの詭弁で、煙に巻く。

「現代医療をもってしても、人間の心や精神の在り処はわかっていない。もちろん、脳もそれに関与しているだろうが、それだけとは言いきれない」

「えっと……山田の脳が死んでいたとしても、心は死んでないってことか……？」

委員長、グッジョブだ。そのレスポンスが欲しかった。素で聞いているんだろうが、素晴らしいタイミングだ。

「そうだ。繰り返しになるが、浩一は生きている。科学的に見たら死体だとしても、生きているんだ」

科学的に見て死体なら、そりゃ死体だろうが……と、強烈なツッコミを入れたがる自身を抑え込み、俺は続ける。

「だって、心は死んでないんだからな」

心。精神。マインド。

そういう曖昧な単語が、人は好きだ。曖昧さはつまりフレキシビリティなので、解釈の自由度が高く、魅力的なんだろう。さっきまで引き攣りかけていたクラスメイトたちの顔つきが、少し柔らかくなったのがわかる。当の浩一はといえば、俺の隣で「心かぁ」としみじみ呟いていた。うん、おまえはそれでいい。そのとぼけ具合のままでいてくれ。ギスギスした死体だと、みんなも怖いだろうからな。

「問題の根本に、気がついただろうか？」

俺は、クラスをぐるりと見回して聞いた。目立つのは嫌いだし、こんなふうに演説をぶつのも大嫌いだが、今は俺の好き嫌いどころじゃない。

「そもそも、人間の死とはなんだ。生とはなんだ？　俺たちはなにをもって、生き死にを判断してる？　どんな相手と接したとき、その相手の生を感じる？　意思の疎通ができて、会話が成立して、コミュニケーションが取れた時じゃないか？　少なくとも、俺の場合はそうだ。だから俺は、浩一は生きていると感じる。浩一の心は、感情は、知性は生きている。心臓が止まってても、身体は歩く冷えピタでも、脳が機能していなかったとしても、浩一の心は生きている。動いて喋って考えている。今こうして——みんなを見ている」

俺は浩一を肘で突き、クラスに視線を送れと促した。まったく、誰のために慣れない熱弁を振るっていると思ってるんだ。ぼうっとしていた浩一はようやく、みんなへと満面の笑みで手を振った。明るいな……もう少し、情に訴える雰囲気が欲しい。

「ふ……ふぐっ……」

一方、いい仕事をしてくれるのは委員長だ。教卓から少し離れた位置で、顔をみなから背けて涙を堪えている。チャンスである。俺は委員長に歩み寄り、ティッシュを渡しながら「この言葉は好きじゃないけど」と続けた。

「ほかに見つからないから使う。……これは、奇跡みたいなもんだ。山田浩一は生きている。死体だけど、生きている」

奇跡、も便利ワードである。

思考停止推進ワードとも言えるだろう。さあ、頑張れ俺。柄にもない演説だが、もう一押しだ。

「頭の固い、常識に囚われているだけの大人たちに、浩一を渡したらどうなる？　最初に委員長が言ったとおり、世間もマスコミも大騒ぎだ。浩一は間違いなく病院に閉じこめられるか……でなきゃ実験室送りだろうな。奇跡を科学的に解明したがる研究者の餌食だ。とても口にできないような、人体実験の材料になる。連中から見たら、心停止した浩一はあくまで死体だ。人権なんか無視されて……解剖だとか……」

「そんなの、だめだよ……ッ」

がたんっ、と立ち上がったのは橋本だ。

「か、解剖とか……絶対、だめ、だめ！　山田をそんな目に遭わせられない！」

顔は青ざめていたが、それはもう浩一への恐怖ではない。浩一を、クラスメイトを理不尽に失うことへの恐怖だ。

このいい流れを、俺はしっかりいただく。

「俺だっていやだ。想像もしたくない……」

ずっと淡々と喋っていたが、ここで初めて眉を寄せ、俯いた。隣で浩一が「えっ、えっ……みっちゃん、だいじょぶ？」と慌てて顔を覗き込んでくる。大丈夫だから、流れを切らないでくれ。

「今の浩一を守れるのは、俺たちだけだ」

顔を上げ、いよいよ締めに入る。最後をだらだらさせれば、すべてが台無しだ。シンプルで、力強く、心に残る言葉をぶつけなければ。

「だから助けてほしい……お願いだ」

懇願。

強制より、脅しより、人を動かし得る言葉。しかも今まで、誰かになにかを頼むなんてことを、ほぼしてこなかった俺からの哀願。

いくらかの躊躇(ちゅうちょ)を残しつつも、クラスメイトたちは確かに頷(うなず)いた。

2

一昨年の春、浩一と出会った。

その年、果たしてこの世に、この日本に、何人の高校一年生がいたのか俺は知らない。まあ調べればわかるのだろうが、いちいちそんなことはしない。とにかく、結構な人数なんじゃないかと思う。その中で俺と浩一が同じ学校に入り、同じクラスになり、たまたま視線が合ってしまったのは、確率的には奇跡といえるかもしれない。

……なんてことを、思うはずもなく。

繰り返しになるが、奇跡なんてのは思考停止ワードだ。考えるのが面倒になった時には便利だけど、使いすぎると癖になる。

浩一と目が合ったのは、俺がそっちを見ていたからだ。なぜ見ていたのかといえば、でかくて目立っていたからだ。入学の時に、もう一八〇センチ超えてたんじゃないかと思う。ほかの生徒たちも、でかいのいるなあ、という視線を送ってた。

で、浩一もこっちを見た。だから目が合った。

今でこそ浩一はいつもふにゃふにゃ笑っているが、その時はにこりともしなかったし、どっちかというと軽く睨まれたように思う。俺も睨み返してやった。当時のこちらのスペックは身長一七〇にいまだ届かないやせっぽち、だいぶ中坊みのある童顔で、しかもいわゆる女顔だ。気弱さを見せればすぐに舐められる。第一志望、かつ余裕で合格圏内だったはずの進学校に落ち、滑り止めだった学校でパシリになる生活など絶対に避けたかったのだ。

ギッ、と音がするくらいの目力で睨み返したら、浩一のほうから目を逸らした。内心で胸を撫で下ろした俺だったが、半月後、浩一から呼出しを食らった。その時の正直な気持ちは、まじか、やばい、である。

たった半月で、浩一はすでにクラスにおける居場所をきっちり固めていた。運動神経がよく、バスケ部でも有望株、身体はでかいが気さくでよく笑い、友人はどんどん増えていた。特別イケメンてわけじゃないが愛嬌のにじむ顔だちで、男子にも女子にも同じように接する。自分の体格を自覚しているのか、動作が穏やかで威圧感がない。弁当がやたらと大きくて、周囲を笑わせたりもする。浩一はやや恥ずかしそうに「母親が、毎朝張り切るんだ」と答える。

こういうキャラだから、当然人気者になる。

そんな人気者に、厳しい表情で「ちょっと、顔かして」と言われたのだ。

スン、と澄ました顔を作っていた俺だったが、頭の中は？マークに溢れていた。俺、こいつになんかしただろうか？　ほとんど喋ってもいないのに？　やっぱり初日に睨んだのがまずかったのか？

浩一はいい意味で目立つやつだったわけだが、俺は逆の意味で目立っていたかもしれない。ずば抜けて成績がよく、とびきり愛想が悪いからだ。女子受けする顔なのか、最初のうちは話しかけてくる子もいたが、あまりにも俺が素っ気ないのでサーッと引いていった。俺が確立したかったのは『頭いいけど暗くて無口、でもグループ学習の時にはいると便利』というポジションであり、べつに孤立したいわけでもなかった。そのへん、匙加減が難しい。

浩一に呼び出されたのは、図書館脇の裏門に抜ける小径だった。

ほとんど散った八重桜が、濃いピンク色の絨毯を敷いていたのを覚えている。浩一はズボンのポケットに手を突っ込んだまま、やや俯いて俺に言った。

友達になってくれないか、と。

俺は答えた。

「なにそれ」

冷淡な、ほとんど馬鹿にした口調だった。けんか腰に近かったかもしれない。からかわれていると思ったからだ。

すると、浩一は俺を見て、瞬きをふたつばかりした。そして「えっと」と言葉を挟んでから、

「だから、友達……つまり遊び相手になってくれないかと思って」

などと説明しだしやがった。言葉の意味なんかわかっている。俺はますます不機嫌になり、それをあからさまに顔と声に出して返す。

「俺は遊び相手なんかいらないんだけど」

「話し相手でもいい」

「話し相手もいらない」

「そんじゃあ、黙り相手でもいい」

「………」

黙り相手ってなんだ。そんな日本語はない。

けれどこの時、俺は想像できてしまったのだ。一緒にいるのに、とてもそばにいるのに、互いに黙っているだけの友人。それぞれ別のことをして、たとえばひとりは本を読んで、ひとりはゲームして、でも気まずくなんかない、自然な関係。そういうのって、ちょっと面白いかもしれないと思ったのだ。今思えば、ふたりでいても会話はなく、ひとりずつ好きに過ごすなんて、親しい関係ならばありがちな光景だ。でも俺はそれを知らなかった。そこまで仲のいい友人なんか、いなかったから。

「な、いいだろ、青海」

思案している俺に可能性を見いだしたのか、浩一の口調が少し明るくなった。

「よくない。おまえ友達たくさんいるだろ」

「そんなことねーよ。クラスや部活でいろいろ喋る相手はいるけど……だからって、友達とは限らないし」

「そうなのか？」

「……よくわかんないけど……」

「わかんないのかよ。っていうか、なんで俺？」

「なんとなく……」

「絶対、趣味とか違うだろ」

「違ってたほうがいいじゃん。新しいことできる」

「俺はバスケなんかしないぞ」

「うん。しなくてもいい」

「ほかのこともしない。宿題も見せてやらないし、PSのソフトも貸さないし、エロいDVDとかも持ってないし」

「うん。そういうのはべつにいいんだ。ただ、弁当は一緒に食ってくれ。黙ったままでいいから」

「黙ったままで？」

「うん」

浩一は粘り強かった。というか、しつこかった。俺が全身から迷惑だという気配を発しても、その場を去らない。俺のほうも、言葉にして「絶対にイヤだ」とは言えなかった。そう言えるほど、浩一という人間を知らなかったのだ。

だから、こんな聞きかたをした。

「……俺になにかメリットはあるのか？」

浩一は困惑顔になり、ものすごく真剣に考え始めた。うーんうーんと、たっぷり一分は唸り続けていたと思う。そのあげく、

「ごめん、ないかも」

という結論を屈託なく出してきた。

「ないのか」

「うん。俺、べつに取り柄とかないからな……バスケがちょっとうまいくらいで、でもそれって青海にはまったく関係ないことだし……青海みたく頭よくないし」

「おまえ、ええと山田……下はなんだっけ」

「浩一。山田浩一」

名前を聞かれただけなのに、なぜか嬉しそうに答えた。

「平凡な名前だろ。青海はいいな。青海満。なんかきれいな名前だ。海を連想する」

「連想もなにも、海って字がある」

そっか、と——浩一はそこで初めて笑った。軽く見上げるほどでかいくせに、笑うといきなり子供っぽい印象になった。怒らせていた肩の力も抜けて、ボリボリと頭を掻く。それまで浩一がひどく緊張していたことに、俺はやっと気がついた。俺みたいなとっつきにくいのに話しかけるのは、勇気が必要だったんだろう。

よくわからないのは、そんな俺と友達になりたがった浩一の気持ちだ。八重桜の敷かれたピンクの小径、どうせならもっと可愛い女の子にでも同じ台詞を吐けばいいのに。こいつなら、そこそこもてるだろうに。

俺は結局「いいよ」とも「だめだ」とも言わなかった。

その沈黙を浩一は承諾と受け取ったようだ。昼休みになると、大きな弁当箱を持って俺の席の横に立つようになった。ぬう、と立たれると大きな影ができる。俺は四時限目のあとにできるその影に、わりと早く慣れてしまった。

最初は本当に黙ったまま、ただ昼飯を一緒に食べるだけだった。

浩一の提案で、晴れた日は屋上がランチタイムの場になった。俺たちの教室がある新校舎の屋上は、安全のために高いフェンスが設置されていて、生徒が入っても問題ない。日当たりがいいので園芸部のプランターがずらりと並んでたりもする。

やや素行に問題がありそうなグループも出入りしていたが、浩一は彼らとも普通に喋っていた。制服が腰パンだったり、髪が茶色かったりはするものの、それ以上の不良になる気はなさそうな連中だ。卒業生の多くが有名私大に進学するような高校なのだから、その程度である。女の子のグループもいて、ギターを持ってる子をよく見た。たぶん軽音部の上級生だろう。

屋上の一角で、俺は黙々とパンを食べた。浩一もせっせと弁当を食べた。ときどき、歌が聞こえた。軽音部の子が歌うのだ。

離れた場所だったから、うるさいというほどではない。ギターはいまいちだったけど、独特のビブラートする声は悪くなかった。耳に覚えのあるメロディラインと歌詞……コートニーって誰だっけ？

浩一の大きな弁当箱には、いつもおかずがぎっしり詰まっていた。卵焼きとウィンナーは定番だ。そしてウィンナーは必ずタコになっている。浩一の母親の中ではそういうルールがあるのだろうか。

黙々と、本当に黙々と、ただ並んで座って弁当を食べ続け、ひと月くらいした頃だっただろうか。

ウィンナーがカニになっていた。新作だ。俺は思わず、

「カニ？」

と呟いてしまった。浩一は目を見開いて俺を見た。そしてその後、なぜか真っ赤になったのだ。あんまりパアッと顔色が変わったので、こっちが驚いてしまった。

「こ、子供みてーな弁当だよなッ」

上擦った声で言う。

俺としては、そんなことを糾弾したつもりはさらさらなかったので「え。べつに、いいんじゃないか？」と返した。それでも浩一は弁当を隠すようにしながら、

「えっと、俺、下にふたりいるんだ。妹と、弟。妹は小三なんだけど、弟がまだ幼稚園行っててさ、そのせいで弁当が、どうしても……」

しどろもどろに説明する。そうか、三人きょうだいの一番上か、しかも結構離れてんだな、なんかそんな感じする……などと考えた。浩一は耳まで赤くなっていて、むしろこっちが茹でダコのようだ。

「タコは、なんとなくわかるんだが、カニは難しそうだ」

ちょっと気の毒になってきて、視線を正面に戻した俺は言った。

「え？」

「どういう切り込みを入れるのかなって」

「ああ、作り方？　青海って、そういうの気になるんだ……」

「いや。なんとなく」

浩一はやや落ち着きを取り戻し、箸でカニウィンナーを挟むと、俺の顔の前に出す。観察させてくれるらしい。とくにその必要はなかったが、せっかくなので見る。

「……ああ。両側に切り込みを入れるのか……」

「そう。難しくないぜ。俺も作れるもん。ただしウィンナーは赤くないとダメ。カニっぽさが出ないからさ……。ほい」

「え？」

俺が納得したあとも、カニウィンナーは眼前から消えない。目の前から少し下がって、口のあたりに止まる。

「ほい」

もう一度浩一が言った。

食え、ということか？

おまえの箸から？　おまえの母親の作ったカニさんウィンナーを？

思い出しても不思議だ。どうしてあの時、「いらない」と言わなかったんだろう。

他人の弁当なんか食べたくないし、他人が使った箸から食べるなんて不衛生だし、ましてやアーンなんて図は真っ平だった。

なのにその時、俺は口を開けた。

つい開けてしまった。誰かが勝手に、そういうスイッチを押したみたいに。

「どうだ？」

むぐむぐとウィンナーを咀嚼しながら、俺は「うん」とだけ答えた。味は普通にウィンナーだった。まずくはないけど、うまくもなくて、本当に普通だ。なのにどこか特別な気がして、でもそう言ったりはしなかった。

浩一もそれ以上追及せず、自分の食事に戻った。俺も焼きそばパンに戻り、初夏の風が屋上を渡って、またあの歌声を運んで来た。一緒にいたいと叫んでる。ずっと、ずっと、ずっと……ラブソングなのに、どこかが痛むみたいな歌い方だった。

その日を境に、俺たちは少しずつ会話するようになった。

下校も一緒になった。浩一の部活が終わる時間と、俺が図書館を引き上げる時間はだいたい同じだったからだ。ついでに朝も一緒にした。浩一は最初、俺まで早起きすることはないと遠慮していたが、電車が空いてて楽だからと言うと、そっか、ならいっか、と嬉しそうに笑った。

いつからみっちゃん呼びになったのか、はっきり覚えていない。

どうしてそんな呼び方を許容したのかもわからない。俺のほうも「山田」から「浩一」になったのがいつなのか覚えていない。でもたしか、夏前にはもうそうなっていた。なぜだか自然と、そんなふうになっていた。

夏休みには宿題を教えてほしいとねだられた。

そんなことはしなくていい話だったはずなのに、ちゃっかりしたやつだ。俺たちは図書館や、ファストフード店や、時々は俺の家で宿題をした。浩一の家にも行ったのだが、妹と弟の相手が忙しくて宿題どころではなくなる。クラスでは、浩一以外にみっちゃんと呼ばせない俺だったが、山田家に行くと全員に「みっちゃん」と呼ばれた。親にすら、そんなふうに呼ばれたことはないのに。

秋になり、冬になり、また春が来て——俺たちの学校はクラス替えがない。

浩一との新しい一年が始まった。

最初のうち、俺たちを変な組み合わせだと思っていたらしいクラスメイトたちも、すっかり慣れてしまった。俺と浩一はセットとして認識され、グループ学習も、校外学習も、自然と同じ班になった。

自分が変わっていくのがわかった。

いや、自分というか、自分の生活スタイルというか、他人との距離が変わっていったのだ。俺がそうしたかったわけではなく、自然と、勝手に、変わったのだ。

中学時代、休み時間はひとりで読書と決まっていたのに、高校ではそれができなくなった。浩一が話しかけてくるのもあるが、それなら「うるさい」と無視できる。だが、浩一と一緒にほかのクラスメイトもいたりすると、さすがの俺も「うるさい」とは言えない。なんとなくお喋り（しゃべ）りにつきあう流れになる。

浩一を介して、俺に勉強を聞いてくるやつも出てきた。
なんで俺が……と思いもしたが、浩一が横で「そこ、俺もよくわかんなかった」などと言うので、ついでに教える羽目になる。教えると「ありがとう」「すげえわかりやすい」「ちょう助かった～」と感謝される。どれも、中学の頃にはまず言われなかった台詞だ。やがて定期試験の前には、俺の机に人だかりができるようになった。的中率驚異の80％のヤマが張れる俺を、浩一があちこちで自慢したからである。

――すごいだろ？　みっちゃんはほんと、すごいだろ？

そう言いながら、当の浩一はたいして成績が上がらなかった。マンツーマンで教えても、教科書じゃなくて俺の顔をぼんやり見ていたりと、集中力にだいぶ問題ありだったからだ。

俺は正直、他人と関わるのが得意じゃない。他人なんてなにを考えているのかわからないから、すごく緊張するし、疲れる。だから子供の頃から、せっせと自分の周りに壁（バリア）を作って来たのに、浩一がそれを壊した。

……壊したというのはちょっと違うか。なんというか、こう……扉を作ってしまったのだ。鍵（かぎ）なんかない扉を、俺の壁に。せっかくの壁に扉ができたわけだが、俺はそれほど不安を感じなかった。その扉の前には、いつだって浩一が立っているからだ。ニコニコと愛想のいい門番だけど、怒らせるとなかなかの迫力だ。

一度、試験のヤマが外れた時、俺に「責任とれよ」と文句を言ってきたクラスメイトがいた。

俺がなにか言い返す前に、浩一が出てきた。

怒鳴ったわけでも、凄んだわけでもない。ただ黙って、いつもの笑みは消して、そいつの前にズゥンと立って――それだけで充分だったのだ。

「検査ってなんの？　だってもう俺、死体なんだろ？　生きてる死体」

ジャージの上に、ベンチコートを羽織った浩一が聞く。コートには結構血がついてしまっていて、取るのに苦労した。取りきれてはいないが、幸い濃紺なのであまり色は目立たない。

「あんまり死体死体言うな。とくに外では」

俺が小声で叱ると「ほーい」と肩を竦める。

初日の学校は、なんとか乗り切った。

ニット帽を注意する教師はやはりいたが、円形脱毛症の言い訳はばっちりだった。職員室で伝達されたらしく、別の教師に「治るから、大丈夫」と優しく声をかけられたという。当面ニット帽でいけそうだ。顔色の悪さについては、橋本をはじめとした女子がメイク用品を駆使し、ある程度誤魔化してくれた。浩一の頬を彩るほんのりピンクは新色のチークだそうだ。

「死体だからこそ、調べなきゃならないことがあるんだよ」

駅に向かって歩きながら俺は言う。

「俺もできれば忘れたふりをしていたいところだけど……ほっておいて大惨事になるのも怖いからな」

「大惨事？」

「自然界には法則がある」

「うん」

「生き物は死ぬと……つまり……」

この俺ですら、最後まで言うのをちょっとためらう言葉だ。浩一は小首を傾げ「つまり？」と繰り返した。志望校は理系のくせに生物が苦手なこいつが察するのは無理だろう。俺は諦めて、

「腐るんだよ」

そう口にした。

浩一は「あー」とのんびり頷き、そのあと色々想像したのだろう、改めて俺を見て、

「えっ。腐るの？」

とやっと焦って聞く。

「死体なのはともかく……それはかなり困るんだけど……」

「おまえの場合どうなるかは、まったくわからない。なにもかも、常識からぶっ飛んでるんだからな」

「そうか。腐らないといいな……」

浩一の気持ちはもっともだが、通常の場合、死んだ生物は腐るべきであり、そうでなければ困る。あっというまに地球は生き物の死骸だらけで、足の踏み場もなくなるだろう。腐って、微生物に分解されて、新しい生命の土壌となるのは決して忌むべき現象ではない。ただし、心停止しても学校に通うやつはまた別だ。

「みっちゃんのお父さんに診てもらうのか？」

「いや。俺の父親はだめだ。マスコミにリークまではしないにしても、おまえをあれこれ調べるに決まってる。新しいＭＲＩに入れられるのがオチだ」

「じゃ、誰に？」

「ひとりだけ頼めそうな人を知ってる」

「口の堅い人なんだな」

俺は返事をしなかった。その医師が口が堅いかどうかは知らなかったし、この場合関係ない。緩い口でも閉じさせる方法はあるのだ。

電車にふた駅だけ乗って、父親の経営する総合病院に到着した。

最近は夜の七時まで受付をしている科もあり、ロビーには結構な人数の患者がいる。受付で目的の医師の所在を聞くと、感じのいい女性スタッフが申し訳なさそうに「あいにく、香住先生の診療時間は終わってしまいました」と教えてくれた。今日の外来は五時までだそうだ。

「いえ、診察ではないんです。個人的にお会いしたくて……青海満が来ていると伝えていただけますか？」

名前を告げると、そのスタッフは「あら」と微笑み、すぐに内線電話を入れてくれる。院長の息子はこういう時だけ便利だ。まだ帰っていなかったようで、三階の消化器内科へどうぞ、と言われる。

「香住先生って、誰？」

「ここで五年くらい働いてる内科医」

「そっか。みっちゃんがよく知ってる人なんだな」

「いや。話すの初めてだ」

ふえっ？　と浩一が変な声を出した。俺はそれに構わず、廊下を進んでいく。

エレベータではなく階段室を選んだ。途中、浩一がふらふらと違う場所に行こうとするので「おい、もういっこ上だ」と呼び止める。

「あ、ごめん。二階って何科があんの……？」

「皮膚科耳鼻科、あと産婦人科」

「そっか……」

そして三階は消化器内科と放射線検査室、生理検査室などがある。夜間診察には使わないフロアなので、なんだか薄暗い。人の姿もほとんどなく、待合の隅にあるドリンク自販機の上半分だけが妙に明るかった。

消化器内科はすぐにわかった。

ひと部屋だけ明るい診察室の扉がある。俺だけ先に入って説明すべきかちょっと迷ったが、やはり浩一と一緒に入ることにする。どれほど言葉を尽くして説明したところで、医者が『生きている死体』を納得するとは思えない。

ノックをして「どうぞ」を聞いてから入る。浩一は俺の後ろだ。

香住は椅子から立ち上がった。たぶん三十代半ば、小柄でショートヘア、アイボリーのタートルネックのセーターにグレーのパンツ……白衣は着ていない。今までは遠目でしか見たことがなかったが、美人というより可愛い系だろうか。

彼女は俺を見て「こんにちは」と言った。笑顔ではない。緊張しているのが伝わってくる。俺も「こんにちは」と返す。浩一はひょこっ、と会釈をした。

「あの……お父さまには、いつもお世話になってます」

香住がさらに言い、頭を下げる。俺は淡々と「こちらこそ」と応じた。来るのは俺だけだと思っていたのだろう、患者用の椅子が一脚しかない。香住は慌ててもうひとつを持ってこようとしたが、俺は不要だと断った。浩一に座らせて、自分はその後ろで立ったまま香住を見る。

「こちらは、満くんのお友達……？」

「はい。山田です！」

にこやかな浩一に、香住の緊張がいくらか和らいだ。俺は浩一に顔を向け、

「今日はこの友人を診ていただきたくて」

と言い、続けて「内密に」と付け加えた。

香住はしばし黙った。俺の頼みを引き受けるべきかどうか、迷ったのだろう。

「……通常の診察を受けられない事情があるのね？」

「そうです。頼める人、香住先生くらいしかいなくて」

「……満くん、あなたは……」

「はい。これはまあ、脅しみたいなものですね」

俺の言葉に「脅し？」と驚いたのは浩一だった。俺は浩一をちらりと睨み、ちょっと黙ってろと視線で伝えたあと、

「でも安心してください、俺は滅多にこんなことしないし、今回は本当に困ってるからここにきたんです。あと、犯罪が絡んでいたりもしません」

まあ、事件は絡んでるけどな、交通事故案件だから……と思ったが、そこをわざわざ言う必要もない。

「事情はよくわからないけど……とにかく、彼が怪我や病気をしているなら、それを診るのは医師としてのつとめですから……診察します」

決心してくれたのはいいが、綺麗事めいた台詞にイラッときたので、

「そうですね。ご自分のためにも、そのほうが」

と返してやった。だが香住はもう俺を見てはおらず、少し浩一に近寄って「顔色が悪いわね」と言った。浩一は「そうなんす」と真面目顔で頷く。

「まず、経緯を説明します」

俺は保護者宜しく浩一の後ろに立ったまま、今朝からの出来事を簡潔に語った。トラックとの事故、頭部の陥没、心停止の確認、太腿の傷、内臓に異変がある可能性……香住は最初こそ真面目に聞いていたが、次第に明らかに不機嫌な顔になり、それでも俺が喋り終わるのは待った。

「ということで、こいつの現状は『生きている死体』です」

「……満くん。不愉快な冗談ね」

「冗談じゃないと力説するよりも、実際見ていただくのが早いと思います。浩一、帽子取って」

「ウン」

浩一が帽子を取った。香住は陥没した部分を見つめ、訝しげに「側頭の凹み……これは生まれつきなの？」と浩一に聞いた。

「いいえ、生まれた時はフツーだったはずで」

「髪が……血糊かしら。こういう悪戯はどうかと思う」

「えっと、悪戯じゃないんです。俺も……これっておかしな夢なんじゃないかって何度も思ったんだけど……あの、心臓、お願いします」

浩一はジャージのジッパーを下げながら言った。香住は眉間に皺を刻み、おそらくは「いいかげんにしなさい」という言葉を呑み込んだ。

かろうじて聴診器を手にしたのは、インナーを捲り上げた浩一の胴体に、何カ所もの内出血が見て取れたからだろう。香住が聴診器のイヤーチップを耳に入れる。そして浩一の心音を探した。

チェストピースが彷徨うようにあちこち動き、一度胸から離れる。

香住は首を傾げた。イヤーチップを外し、また入れ直し、改めて聴診器を浩一の胸に当てる。次第に眉間に皺が入る。

「ないでしょう、心音」

信じられないという顔に向かって、俺は言った。

「そん………深呼吸して。大きく」

浩一が息を吸い込んだ。

「……左肺の音がない……それより心臓……そんな……え……」

音に集中するためか、やや俯いていた香住ががばと顔を上げた。そして、今度は浩一の手首を取って脈を探している。心音がないのに、脈があるはずがない。それは香住も承知だろうが、そうせずにはいられなかったのだろう。

「し……」

声が上擦っている。

「調べないと。よく……」

その言葉に嘘はなく、浩一はとてもよく調べてもらった。聴診・触診・血圧測定。採血はほとんどできなかった。血が注射器に吸い上がらないのだ。香住はCTやMRIも撮りたがっていたが、撮影装置のある部屋はすでに施錠されている。ただ、単純X線だけは使えて、香住自らが撮影し、写真を確認することができた。

「死んで……る……？」

「あ。やっぱ、そうっすか……」

「死んでるうえに……け、怪我もひどいわ」

だいぶ混乱しているのだろう、おかしな日本語になっている。怪我がひどいから死んだのであって、逆はあまりないはずだ。X線写真を俺たちに見せながら、香住は説明する。

「これ、頭蓋ね。ここがその陥没してるところ。頸椎も……ひどい状態で……命に関わる頸髄損傷があるはずで……頭部を支えていられるのが不思議なほどで……胸は……左側の真肋、三番・四番が骨折。左の膝が割れて、足首の脛骨も折れてた……大腿の裂傷部は、骨は無事で……これ、誰が縫合を？」

声は次第に力がなくなり、顔つきも呆然としてきた。香住の中で、真っ当な医学知識と、奇天烈極まりない現状がぶつかっているのだ。

「あ、みっちゃんがしてくれました」

「そう……満くんは、医者になりたいの……？」

「なりたくありません。医者は家族を幸せにできない確率が高いので」

香住の表情が凍りつく。自分でも余計なことを言ったと思った。今はこんな嫌味をぶつけている場合ではないのに。

「で、納得していただけましたか。浩一が生きている死体だと」

「……心臓が止まっている以上、医学的に死んでいることは間違いないけど……なのに、きみ、ええと浩一くん。なんで動き回れるの……?」

「わかんないす」

あっけらかんと答えた浩一に、香住は「そう……そうよね……」と頷いた。そしてフーとこめかみを押さえて、椅子の背もたれを鳴らす。

「これは夢なの? 私は今、院長の息子さんがゾンビを連れてきた夢を見てるの? 私の罪の意識が、こんなおかしな夢を作りだした……?」

「夢じゃありません。しっかりしてください」

「しっかりって……満くん、あなたは私になにをさせたいの? 医者は心臓が動いているうちは手を尽くすけど、死体にはなにもできない。手の施しようがない。救いようがないのよ……死んでるんだもの」

「べつに、救ってほしくて来たわけじゃありませんよ」

俺は冷たく言い放った。

「浩一の心臓をもう一度動かせとか、そういう無理も言いません。俺が心配してるのは、腐敗です」

ああ、と香住が納得したような顔になった。

「そうね……いくら冬とはいえ、そこは心配なところよね……友達が腐るのは、困るものね……」

「はい、俺、腐るのイヤなんで！　ほんと困るんで！」

浩一が力強く言う。確かに、意識のあるまま腐るなんて凄絶すぎる。

「普通の死体なら……腐敗するけど……」

香住は浩一を見つめて、いくらか優しい声を出した。

「怖がらせてごめんなさい。自分でも承知だとは思うけど……あなたは今、いろいろと普通ではない状態よ。不思議で不可解で……私も混乱してる。心臓が止まっているのに呼吸してるのも不思議。もう必要ないのに」

「でも」

浩一は自分の胸をさすりながら「息しないと、苦しくなるような気がして」と答えた。満身創痍だが痛みはなく、けれど窒息感は怖い――それもまた、不思議な話だ。

「息しないと死んじゃうし……あ、もう死体なのか……でも、自分的には、いつもとあんま変わらないので、つい……」

そこなのよね、と香住が言う。

「あなたは死体なのに、あまりに生き生きしている。顔色こそ悪いものの、死斑も出ていないし、瞳孔散大もない。腐敗が進行している様子も、今のところは見られない。

真冬とはいえ、室内は暖房が入っているでしょう？　だったら腐敗はある程度進むはずなんだけど……」

「防腐剤食べてもダメですかね？」

浩一の質問は、冗談なのか本気なのかわからない。香住は真面目な質問と受け取ったらしく、「無駄ね」と律儀に答えた。

「死後腐敗を止める手段として考えられるのはエンバーミング……体液を抜いて、防腐剤を代わりに入れるっていう……」

「いや……ちょっとそれは……うーん……」

浩一が顔を歪めつつ首を傾げた。腐るくらいなら挑戦すべきかと迷っているのだろうか。でも俺は、これ以上浩一の身体に傷をつけたくない。

「……でも、その必要はないのかも。満くん……私には、浩一くんの身体が、時間を無視しているように思える」

「時間？」

香住が浩一と俺を交互に見て「そう」と答えた。

「時間が進んでいれば、傷は化膿するはずだし、身体は内臓から腐敗していくはず。心停止して血流がないのだから、体内の血は下へ下へと下がってむくみもおきるはず。なのに彼はそうなっていない。つまり」

香住は「もちろん、なんの確証もないんだけど」とつけ加えてから、

「浩一くんの身体は死んだときの状態のまま、静止状態にあるんじゃないのかな……まるで誰かが、浩一くんの時間を止めたみたいに」

そう言って一度目を閉じた。

数秒してから瞼を上げて、じっと浩一を見つめ、

「消えない……やっぱり夢じゃないんだ……」

そう呟く。

すとんと肩が落ち、自分の手に負えない患者の前で脱力し、俺を見た。助けを求めるような目だけど、俺に期待しないでほしい。こっちだって、なにもわからない。ただ、俺はとにかく……浩一を守らなくちゃいけない。

「香住先生。浩一の身体について、この先の予測がつきますか？」

「いいえ。皆目見当もつかない。個人的には、このあとふと気づいたらベッドの中で、自分の夢に苦笑いするっていう結論にしたいほど……。自分が叫び出さないのが、本当に不思議。浩一くんの存在は、医師として私が学んできたものを、根底から覆してしまってて……」

「それを浩一のせいにされても困ります」

「ごめんなさい。責めたつもりはなくて……ただ、あまりに……」

香住の顔色が悪い。浩一と同じくらい白くなってきて、よくよく見ればその指先は震えている。

「……みっちゃん、帰ろう」

浩一が立ち上がった。いたたまれなさを感じたのかもしれない。

「ああ。そうだな。とりあえず腐る心配はなさそうだ。……香住先生、くれぐれもこの件はご内密に。もちろん、父にも」

「わかってます。言いません。……仮に誰かに言ったところで、私が精神科の受診を勧められるだけでしょうけどね」

それもそうだ。俺は素っ気なく「お時間いただきまして」と礼を言い、診察室のドアを開ける。浩一は丁寧に頭を下げて、先に出た。

「満くん」

呼び止められて、振り向いた。香住は椅子に座ったまま、肘掛け(ひじか)をぎゅっと摑(つか)んでいる。まるで肘掛けに縋(すが)って、自分を保とうとしているようにも見える。

「あなたは……怖くないの？」

それは意外な質問だった。

どうして俺が浩一を怖がる必要がある？

浩一は浩一だ。死んでても、生きてても、山田浩一だ。

なのに、香住の青い顔。

混乱と困惑、そしてうっすらと恐怖の浮かぶ顔……つまり彼女は浩一が怖いのか？　幽霊のように？　ゾンビのように？　あるいは、それらよりももっと？

「べつに怖くないです」

「……そう」

なかば呆然とした表情で、香住は頷く。

もう一度だけ会釈して、俺は診察室のドアを閉めた。

浩一を怖いと思ったことが、一度だけある。

このあいだの夏だ。俺たちはふたりだけで、海の近くのキャンプ場へ行った。神奈川県まで、一泊の小さな旅。そのキャンプ場は山田家がたびたび訪れているところで、いつもは車で行っているそうだ。

「でも、電車とバスでも行けるからさ」

浩一はそう言って、熱心に俺を誘った。楽しいよ、夜はバーベキューしよう、道具は貸してくれる、テントだって貸してくれる、トイレもちゃんとある、俺は慣れてるとこだから安心していいよ——けれど正直、俺は行きたくなかった。

そのころにはもう、浩一に対する自分の気持ちを自覚していた。生まれてこのかた、女の子に興味が……とくに性的な興味がさっぱりわかなくて、それは自分が他人に興味がないせいだろうと思っていたが、違っていたらしい。

なんだ、そうか、俺は男を好きになる男だったのか……そう気がついた。

そして浩一をそういう対象として見ているとわかったら、すごく落ち込んだ。屈託なく接してくる浩一に悪いと思ったし、俺の気持ちがばれたら、当然浩一は俺から離れていくだろうと考えた。浩一のことだから、罵(ののし)ったりはしない。マイノリティの権利を理解し、寛容をしめし、そして「ごめん」と謝ってくれるだろう。「俺もそうじゃなくて、ごめんな」と。

想像しただけで、絶望的な気分になった。

ふられるだけじゃない。俺は初めてできた親友まで失うわけだ。それだけは避けたい。だから自分の恋愛感情を心の奥の方に閉じこめ、見ないふりを決め込んだ。容易(たやす)い仕事とは言えなかったが、浩一という友人を失うよりずっとましだ。

俺は自分をコントロールするのが得意だ。

ずっと学校でも、家でも、うまくやれていた。けれど夏の、海の近くのキャンプ場で、浩一とふたり、ひとつのテントで寝る……そうなると自信がなかった。かといって、「絶対楽しいぞ」と笑う浩一に、行きたくないとは言えなかった。仮病を使おうか、親戚の葬式にしようか……小賢しい言い訳なんかいくらだって浮かんだけれど、結局それを使うことはなかった。

俺だって、行きたかったんだ。

行きたくないけど、行きたかったんだ。

行っちゃだめだと何度も何度も思ったけど……浩一と夏の小旅行に行きたかったんだ。すごく行きたかったんだ。断れるはずがないじゃないか。だからさんざん悩んで、やっぱり行ったんだ。

浩一は浮かれていた。派手な柄のTシャツからして浮かれていた。でもそれがよく似合っていた。大荷物を持ち、田舎の子みたいな麦わら帽を被ってて、俺のぶんまで持ってきていた。俺に被せて「みっちゃん、似合うなあ」と笑った。

ふたりで電車。ふたりでバス。そして歩く。海が見えてくる。

浩一と一緒に潮の香りをかぐ。

俺はもう、必死だった。浮かれないように、おかしな態度を取らないように、必死だったのだ。いつもより少し不機嫌くらいでちょうどいいだろうと考えた。

そもそも俺はインドア派で、長距離移動もバスも、夏の海も好きなんかじゃない。ただ、浩一とならぜんぶ好きになってしまうだけなのだ。

ギアをローに入れていた俺に、天気まで調子を合わせた。

午後から、雨になったのだ。

キャンプで雨は最悪だ。バーベキューは中止。キャンプ場に併設されている共用炊事場は屋根があるので、そこで湯を沸かしてカップ麺を食べる。夏なのに気温が下がり、テントの中は肌寒い。かといって雨だから焚き火ができるわけでもない。でも俺は浩一がいればそれでよかった。ただそれを顔や態度には絶対に出さなかった。浩一は「ごめん」を繰り返した。雨になっちゃってごめん、寒くなっちゃってごめん、キャンプなんか誘ってごめん——そう言われるたび、俺は少しいらいらした。

「いいって。雨なんか、浩一のせいじゃないだろ」

「だけど……」

「ゴメンゴメンうるさいんだよ、おまえ」

きつい口調になった。そんな自分にますますいらいらして、俺は浩一から顔を背け「ああ、もう！」と声を荒らげた。俺にしては珍しいことだ。雨の音がうるさいテントの中で、すぐそばに浩一がいて、浩一のにおいがものすごく近くて——たぶんいっぱいいっぱいだったんだ。

しばらくふたりとも黙ってた。やがて、

「……ほんとは、来たくなかったんだろ」

ぼそりと浩一が言った。いつもよりだいぶ低い音域で。

「そんなこと言ってない」

「言ってなくても、態度でわかる。悪かったよ、無理につきあわせて。楽しいのは俺だけなのに」

「そん……」

「ひとりではしゃいで、浮かれて、みっちゃんは渋々なのに」

「だから、そんなことは」

浩一を見たとき、「俺だけなんだよな！」と怒鳴られた。俺はビクリと竦み上がってしまい、なにも言えなくなる。

「いっつもそうだ、俺だけ！　俺ばっか！　カラオケも買い物もゲームすんのも、俺ばっかやりたがってる！　みっちゃんはただつきあってくれるだけで、イヤって言わないだけでさ！」

違う。そうじゃない。カラオケも買い物もゲームも、俺だってしたい。ただ俺はずるいから、いつも浩一が言い出すのを待ってるだけで……言い出すように仕向けることはしても、自分から誘わないだけで……。

それは「今日はパス」って言われるのが怖いからで……。

「俺だけ！　俺だけなんだよ！　けどそんなら、はっきり言えよ！　行きたくないって言えよ！　それくらいめんどくさがってんじゃねえよ！」

浩一の怒声が響く。

激しい雨の音を忘れるくらいの大きさで、俺の鼓膜を震わせる。浩一が怒鳴るなんて、俺の大声よりもっとレアだ。俺はびっくりして、怖くて、どうしたらいいのかわからなくて、ただ身体を硬くして――。

「はっきり言われたら、俺だって引くよ！　しつこくしねーよ！　ずるいんだよおまえは！　友達なんかいらない、ひとりがいい、こっちくんなって澄ましてるくせに、たまに俺だけは別、浩一だけはいい、みたいな……そんな顔して、そんなふうなこと言ったりもして……ああいうの、やめろよ！　なんなんだよ！」

ああ、俺、そんな顔してるのか。

そんなこと、言ってるのか。

浩一だけは特別だ、みたいな……。知らなかった。無意識だった。でも無意識だからこそ、正直な気持ちが出てしまっていた。

「ほんと、なんなんだよ！　むかつくんだよ！　人の気持ちを……えっ」

浩一の声のトーンが急に落ちた。

「みっちゃん？」

ほとんどいつもの浩一に戻る。驚いて、焦って、俺を見ている。まあそうだろうな、そりゃびっくりだろう。泣いてるんだから。俺が声も立てず、身体は固まったまま、それでも唇と睫毛だけ震わせて、ぼろぼろ泣いてるんだから。

こっちだって驚いた。

泣くか、普通？　男子高校生が口ゲンカで泣くか？　ありえないだろ。恥ずかしすぎる。しかも、俺は一応クールキャラってことになってんだけど。

でもだめだった。涙は勝手にどんどん流れて、止められなくて。

おろおろしている浩一を置いて、俺はテントを飛び出した。雨だったけど飛び出した。スニーカーはテントの中に避難させてたから、裸足で飛び出した。そしてほかのテントが設営されてない、暗がりに向かって走った。雨が涙を流してくれたけれど、新しくまた泣けてくるのであんまり意味はなかった。

浩一はすぐに追いかけてきた。

自分も裸足で、でもマグライトはちゃんと持ってて、だから俺をすぐ見つけることができたんだろう。焚き火もバーベキューもしていないキャンプ場は暗い。

「みっちゃん」

俺のすぐ後ろに立っている。

「みっちゃん、ごめん」

ほら、またただ。すぐ謝るんだおまえは。自分が悪くなくても謝る。すぐに折れる。

そんなだから、俺がつけあがる。勘違いしそうになる。

「おっ……おまえはでかいんだから……っ」

俺は言った。

「えっ？　あ、うん」

「そんなやつが怒鳴ると……っ、威圧感ハンパないんだよっ！　ビビるだろ！」

涙声しか出なくて情けない。前回泣いたのっていつだっけ？　ぜんぜん覚えてない。飼ってたシマリスが逃げた小二の時まで遡れるんじゃないだろうか。

「うん、あの……ごめんな……怖がらせるつもりはなくて……」

怖かった。確かに怖かった。

急に怒鳴られたからじゃない。浩一に嫌われた――そう思って、怖くなった。

「言っとくけど！　キャンプ来るのやだったわけじゃないし！」

「そっか。うん」

「カラオケとかゲームとか！　俺だってしたいと思ってるし！」

「え、ほんとに……？　よかった……そっか……よかった……」

浩一が近づくのがわかった。

でも俺の前に立とうとはしない。泣いてる顔を見せたくないのを、ちゃんとわかってるからだ。

「よかった……」

もう一度、浩一が言った。

「……実際、おまえは特別だし……」

これくらいなら、言っていいよなと思った。特別な友達、親友とか、そういうのならアリだよな、そんなふうに思ったのだ。この時は俺の感情もぐちゃぐちゃで、色々冷静じゃなかった。夜だったし、土砂降りだったし、泣いてたし。

「俺もみっちゃんが特別」

浩一の言葉に、俺はやっと振り向いた。聞き違いかな、と思ったからだ。

「つーか、みっちゃんが一番好きだ。誰より好きだ」

雨のせいで、俺の耳はおかしくなったんだろうか。ずぶ濡れの浩一が、照れたように笑って俺を見る。

「だからつい、考えちまう。みっちゃんも……俺が一番ならいいのになって。そんなの無理だろってわかってても……つい……」

「一番だよ」

その言葉は、するりと俺の口から出た。

なんの準備も、心構えもしていなかったのに、まるで百年前からずっと言いたかった言葉みたいに自然に出て、俺自身を驚かせた。

でも浩一はもっと驚いていたらしい。

マグライトをその場に落とした。灯りが俺の裸足を照らす。

「一番だ。浩一が」

三歩ほど離れた場所で、浩一が「え。うそ」と呟いた。俺はまたいらっとする。このシチュで嘘なんか言うかよ、アホ。

浩一が近づいてくる。

ものすごく近くまで……文字通り目の前まできて、暗くても顔がよく見える。身長差があるので、俺をじっと見下ろしている。浩一の顔から、髪から、雨の雫がぽたぽたと滴る。

「……みっちゃん、俺が一番なの？」

「……そう」

「俺も、みっちゃんが一番なんだ」

「それはさっき聞いた」

「……なら俺たち、両想いなんじゃねえ？」

その質問に、俺はすぐ答えることができなかった。

そんなことあるのか？ ありえるか？ 都合がよすぎないか？

とても信じられなくて、

「そうなる……か？」

と逆に浩一に聞いてしまった。

浩一が真剣に「なるよ」と答えたので、俺も頷いて、そして俺たちは雨の中で最初のキスをした。

笑えるくらい、おっかなびっくりのキスだった。

病院からの帰りはふたりとも無口で、俺の家に着いたのはもう十時過ぎだった。

留守番電話に、父親から今夜は帰れないという短いメッセージが残っている。珍しいことではないし、かえって好都合だ。浩一も家に電話して、うちに泊まる許可をもらった。俺もお母さんと話して『みっちゃん、いつもありがとね』と言われる。

「浩一。腹減ってないか？」

「うん。だいじょぶ」

うちの冷蔵庫には家政婦さんの作ってくれた総菜がなにかしら入っている。俺はそれで簡単に食事をすませた。浩一はなにも食べない。昼もそうだったのだが、空腹を感じないと言う。たまに口の中を濡らす程度の水がほしくなるくらい、だそうだ。

食事のあと、風呂に入りながら俺は考える――死体には、水分や有機物は不必要なのだろうか。人間が食事をするのはエネルギーを摂取するためだ。活動するためのエネルギー、生命維持のためのエネルギー……ただ静かに寝てるだけだって基礎カロリーが必要となる。

では、浩一はどこからエネルギーを摂取しているのだろう。

浩一を動かし、喋らせ、考えさせているのはなんなのだろう。もはやクエン酸回路ではないことは確かだ。とうに生物学の関与する域ではなく、人智を超えた何かなのだろうか。神様なんて言葉が浮かんだけれど、それも奇跡と同じで思考停止の合図だ。でも奇跡だとか神様だとか、そういうものを必要とする人の気持ちが少しわかってきた。考えても答の出ない問題を考え続けるのはなかなか疲れる。

風呂から上がり髪を拭きながら部屋に戻ると、浩一が窓のそばに立っている。

外を見ているようだ。横から覗き込むと、また雪が降り出していた。都心で降っていなくても、このあたりでちらつくことは多い。

暗い中に音もなく降りていく雪を、ふたりでじっと眺める。

冬休み、浩一の家族と一緒にスキー旅行に行ったのを思い出す。賑やかで楽しかった。浩一の家族は、俺も山田家の子供みたいに扱ってくれる。浩一には妹と弟がいて、俺は二番目の兄ちゃんみたいになり、遠慮のないタックルを食らう。

「積もるほどは降らないだろうな」

俺の言葉に、ウンと短い返事をよこす。だが視線は窓の外のままで、なんだかぼんやりしているようだった。

「浩一、風呂は？」

「俺はいいや」

「でも、まだ血がついてるところあるぞ。髪も洗ったほうがいいし」

「お湯に浸かったら、いきなり身体が腐って溶けちまいそうな気がして……」

「平気だろ。暖房の効いた部屋にいてもなんともないんだし」

タオルで頭を拭いながらそう言った。神経が高ぶっているようだ。かなり疲れているはずだけれど、不思議と眠くはなかった。少し頭痛を感じる。

浩一は動かず、返事もない。

「おい？　浩一？」

覗き込むと、ずいぶんしょぼくれた顔をしていた。

「どうしたんだよ。昼間は平気そうだったのに」

「平気っていうか……わけがわからなかっただけだよ。自分になにが起こったのか……ぜんぜんわかんなくて」

「そりゃ俺にだって、いまだにわかんないぞ」

浩一と近い距離で喋っていると、見上げなきゃならないのが難儀だ。

「みっちゃん……あのお医者さんも言ってたけど、俺のこと、怖くないのか？」

「はあ？　そん………っ、へっくしゅん！」

言葉を続けようとしたのだが、くしゃみに阻まれてしまった。俺は体質的に寒さと乾燥に弱いらしく、子供の頃から冬になると何度か風邪を引く。ティッシュを一枚箱から抜き取り、洟をかんだあとで「そんなわけ、ないだろ」と答えた。

「だって俺、ほとんどゾンビじゃん……」

「俺、その映画観たことない」

「いや、俺もちゃんと観たわけじゃないけど……とにかく……死体なのに生きてるなんて、自然の摂理に反してるじゃないか……そんなの、不気味だろ？」

なにが自然の摂理だ。ちゃんと漢字で書けるのかも怪しいくせに。

「不気味なんかじゃない。あ、わかったぞ。おまえ、医者に診せたり、X線で自分の状態を認識して、いまさら怖くなってきたんだな？」

「……なったよ。だって俺、バリバリ死体じゃん」

さすがののんき男も、自らに起きた事態に衝撃を感じ始めたらしい。ずいぶん遅いとも言えるが。

「どうした。元気出せって」

「死体に無理言うなよ」

珍しく、自虐的だ。俺は浩一の手を引っ張って窓から離し、ベッドに座らせて、自分も隣に腰掛ける。浩一がうちに泊まる時は、俺の部屋に布団を敷いて寝るんだけど、まだ布団の支度はしていない。

「死体だろうとなんだろうと、こうして生きてるんだからさ」

この不自然な日本語を、今日何度繰り返したことだろう。

「……俺さあ、UFOとか宇宙人は信じるタイプだけど、生きてる死体なんか信じられないよ」

「信じるとか信じないじゃないだろ。実在してんだから」

「そうだけど……超常現象にもほどがあるっていうか……」

「超常現象は、たまにおきるもんだ。俺、幽霊も見たことあるしな」

浩一が顔を歪(ゆが)め「え、マジで?」とビビってる。怪談や幽霊話は苦手なのだ。今や自分自身がその怖い話になっているわけだけれど、そこは指摘しないでおこう。

「幽霊……見たのか？」

「見た。自分の母親のだけどな」

八つの時に母親が死んだ直後、よくその姿を見た。

夜中にふと目が醒めると、俺のことをじっと見つめていたり、真昼のリビングで見たこともある。朝の登校途中、少し離れた場所から手を振っていたりもした。

「幽霊のくせに、ちゃんと脚もあってさ。目も合うんだよな」

「う……みっちゃんのお母さんには悪いけど……怖い……」

「俺は怖いって感じじゃなかったなあ。うちの母親、むしろ生きてた頃のが怖かった。子供にも容赦なく厳しかったからさ。幽霊バージョンのほうは、目が合うと優しく笑ってくれて……あんな顔、生きてる時には見なかった」

「そんなに厳しかったんだ？」

「病気がちだったから入院していることも多かったけど、見舞に行く時はなんか緊張したもん、俺」

まだ子供だった俺は、幽霊の件を父親に話した。今日お母さんを見たんだ、と。すると父は珍しく驚いた顔になり、

——人に言っちゃいけないぞ。

と窘められた。そのあとで、

——お母さんはきっと、おまえのことが心配で見にきたのだろう。

と続けた。その台詞は、幼かった俺をそれなりに納得させたらしい。あまり母親に懐いていた子供ではなかったはずだが、やはりさみしかったのだろうか。

あの幽霊は、おそらく俺の夢だったのだろう。

夜の夢、そして白昼夢。あるいは、こんな優しいお母さんだったらよかったのにという願望が見せた、幻……時に脳は、本人が無自覚な願望すらも形にしてみせるから厄介だ。

「とにかくおまえは幽霊とかゾンビとかとは違うだろ。状態としては死体なんだろうけど、普通の死体ってのは動かないし、喋らない。埋められたり燃やされたりしても文句も言えない。それに比べたらだいぶマシだと思うけど？」

死体にマシもなにもないわけで、自分がめちゃくちゃを言っているのはよく承知だが、ほかに慰めようがないんだからしょうがない。こんな時には無理やりにでもポジティブシンキングだ。

「……そう、なのか……？」

「そうだよ。心臓が止まってるだけで、あとは普通じゃん。ま、怪我はしてるけど痛くないなら関係ない。なんなら無敵モードとも言える」

「でも、やっぱ、不気味だろ……」

「そんなことないって」

「俺がみっちゃんの立場だったら、すげえ気持ち悪いと思うし……」

「俺が生きる死体だったら、おまえは気持ち悪いのかよ」

「そうじゃなくて。みっちゃんならいいんだよ、みっちゃんなんだから。でも死体になったのは俺だからさ、俺の死体なんか俺は気持ち悪いと思うわけで……」

「ああ、もう、言ってることわかんねーって！」

俺は浩一の肩をがしっと摑んで、強引に自分のほうを向かせた。

「みっ……」

喋らせる暇を与えずに、キスした。

とても冷たい唇で、俺はびっくりして、そしてすぐ悲しくなった。

可哀想だ。こんなに冷たいなんて……可哀想だ。少しかさついた感触は、間違いなく浩一の唇で、冷え切った身体だけど、その骨格も筋肉も浩一のもので……俺の体温をわけてやればいいのにと、そう思った。

自ら舌を出して、深いキスに誘った。いつもなら喜んで応じる浩一が、今日は遠慮がちに、それでもそっと自分の舌を差し出してくる。柔らかさは生きている頃と変わらなくて、だがやはり冷たい。

少しだけ舌が遊びあう程度のキス。

最初のキスに比べたら上達しただろうけど、たぶん俺たちのキスはまだぎこちないんだろう。誰とも比べたことがないので、よくわからない。それでも俺は浩一とのキスが好きだし、浩一もそうだと思う。

ふたりの唇がだいぶ濡れて、浩一の唇が少し温かくなって……俺はゆっくり身体を離した。

「みっちゃん……」

「気持ち悪いとか思ってたら……こんなの、できないだろ」

浩一の目が潤んでる。死体でも、ちゃんと涙液は出てるんだなあ……。

「みっちゃん……優しいな……」

「べつに、優しくなんかないし」

「なんでそこで赤くなんの？　優しい自分が恥ずかしいのか？　みっちゃん、そういうとこあるよなあ。誰かに親切にする時、あえて不機嫌な顔したり」

「は？」

「委員長もそんなこと言ってた。照れるんだろうな、って」

「うるさいよ。おまえらそんなこと話してんのかよ」

「うん。俺、いつもみっちゃんのこと話してる。大好きだからな」

へへへ、としまりのない笑顔で俺に抱きついてきた。キスはかなり効いたようだ。

やっといつもの浩一に戻って、俺は少し安心した。

「みっちゃんがいいなら、ほかのやつにどれだけ不気味がられてもいいや」

「……バカ」

俺が浩一を怖がったり、不気味がったり、あるわけない。そんな心配でシュンとするなんて、ほんとバカなやつだ。俺もぎゅっと抱きしめた。心なしか、浩一の身体が温かくなってきたような気がする。

「ほら、早く風呂(ふろ)行けって。枕カバーとかに血がついちゃったら、家政婦さんがびっくりすんだろ」

「……うわ」

「なんだよ？」

俺の肩口に自分の額をぐりぐり擦りつけながら、浩一は奇妙な声を出した。そして顔を上げると、間近な距離で俺を見る。……あれ、なんかちょっと、頬が赤くないか？　死体のくせに？

「これ、どういうんだろ……俺、死体なんだよな？」

「え？」

浩一が俺の手を取る。そしてそのまま自分の股間(こかん)に導いて、されるままだった俺は思いがけない感触に「うわ」と思わず声を上げた。

「な？」

「……うそだろ……硬……っ」

あろうことか、浩一は勃起してやがった。

そこは健康な十七歳男子に相応しく……いや、浩一は健康とは言えないんだけど

……とにかく、カチカチになり、熱っぽい。これってどうなんだ。体温ってもう上がらないんじゃなかったのか。

「あー……ダメだみっちゃん。なんか……俺……もっかいキスしていい？」

俺の許可なんか待つ気はないくせに、一応そう聞いて、浩一が体重を掛けてくる。

あっというまにふたりでベッドに倒れた。すぐに重なってきた唇を、俺は素直に受け入れる。

やっぱり、さっきより冷たくない。というか、熱い。

浩一が興奮している時の体温だ。

「んっ」

キスがちょっと荒っぽくて、カツンと歯が当たった。やっぱり下手だよな、とおかしくなる。でも俺はそれでぜんぜん構わない。相手が浩一なら、歯が当たろうと、犬みたいに舐められようと、ぜんぶ嬉しい。

浩一の高ぶりが、俺の同じ場所を擦り上げる。

「……っ、おい……」

変な声が出てしまいそうで、俺は浩一の身体を少し押した。こっちは生地の薄いパジャマなんだから、たまったもんじゃない。刺激がダイレクトに伝わってきて、俺のそこもすぐ、浩一と同じくらい熱を持つ。

「こ、浩一……？」

俺は戸惑っていた。

土砂降りのキャンプから半年、なんと俺たちのフィジカルな関係はまだキス止まりだった。そういう欲望の強い盛りなわけで、もっと展開が速くてもよさそうなものだけど、ずっと足踏み状態だ。俺としては、つまり……進んでもよかったんだけど、それを口にすることは気恥ずかしかったし……浩一のほうは俺を大事にしすぎる傾向があって……。部屋でふたりきりになると、長い長いキスのあと、ものすごく切羽詰まった顔で「トイレ借りるね」と言うわけだ。

「浩一……んっ……それ、やばいんだけど……」

「お、俺もやばい……みっちゃん……し、死体でもあれって、出んの？」

「そんなこ……知るか……ッ」

クイッと持ち上げられるような刺激に、声が裏返ってしまう。

死体の射精？　精子は出るのだろうか。死んでるのに？

　そもそも勃起するには血流が必要なはずで……いや、そういうこと考えても、無駄なのか？　もうぜんぶ、無視でいいのかもしれない。常識、科学、医学、生物学、無視していいんだ。俺にとって大事なことなんかひとつしかない。浩一がいて、俺を好きだと言ってるんだから、それでいいんだ。

　浩一の顔の位置がずれた。頬にキスされ、まだずれる。なにをするのかと思いきや、俺の耳たぶを齧る。

「あっ、ん！」

　驚いた。

　今まで知らなかった類の感覚が、耳から脳を経由して、ズン、と下半身に到達する。こんなのは初めてだった。耳の周辺に性感帯があるなんて、そんなのはごく一部の敏感な人たちや、ＡＶでの演出だけだと思っていたのだ。

　やわやわと、唇で挟まれて揉まれる。

　擽ったい。擽ったくて……擽ったいから？　とにかく、気持ちいい。

「は、あっ……な、なんかそれ……へん……」

「うあ……その声、やばいって……」

　感じるのは耳たぶだけじゃなかった。耳の上の軟骨に歯を立てられても腰が震えた。穴の中を舐められたときは、思わず浩一の肩に縋った。

舐められてる音があまりに近くて、聴覚にも興奮を刺激される。

浩一の荒い吐息もまた、すごく近い。

俺の心臓はもう駆けだしているのだが、浩一はどうなのだろう。

息が荒くても、心臓はやはりだんまりを決め込んでいるのだろうか。合わさった胸の部分から、動きを感じるような気もするけど、これは俺の鼓動が反響しているだけかもしれない。

「みっちゃん。触らして?」

「あっ……」

浩一の手が下着の中に潜り込んだ。初めて他人の手に直接触れられて、そっと、慎重に握りこまれる。

浩一の手は冷たくない。ぜんぜん、だ。

恥ずかしいと思う暇もなかった。

ほんの数度軽く擦られただけで、俺は呆気なく果ててしまった。

自分でするのとは比べものにならない。甘ったるい電流みたいな刺激が、指の先まで届く。目をぎゅっと閉じて、襲いかかる快楽の大波をかぶり、息もできない。浩一に縋ることしかできなくて……たぶん、すごく恥ずかしい声も出た。

「……なんかもー、みっちゃんてば……めちゃくちゃ可愛い……」

いつもなら叱りとばしている発言なのだが、まだ息が整わなくてそれどころじゃなかった。浩一はかいがいしくもティッシュで俺の後始末をして、背中を優しく摩(さす)ってくれる。

「みっちゃん……」

まだいっていない浩一をなんとかしてやらなくちゃ……。

そう思うのだが、瞼(まぶた)が勝手に閉じようとしてしまう。なんだこれ……俺、そこまで疲れていたんだろうか。たぶん身体の疲れというより、精神的な………浩一がトラックとぶつかって……心臓が止まって……でも動いて喋(しゃべ)って、俺とエロいこともして……だめだ、眠い。

浩一、と呼ぼうとしたけれど、口がうまく動かない。

髪にキスされるのがぼんやりわかって、幸せな気分になる。

甘やかされるのも、悪くない。

ずっと、ひとりの部屋を与えられ、ひとりで寝ていた。母親が死ぬ前も、死んでからも。それに慣れてしまったから、誰かが隣にいるなんて、絶対に眠りにくいと思っていた。実際、小学校も中学校も、団体旅行で大勢と布団を並べて寝たときは、ほとんど眠れなかった。

ひとりがいいと思っていた。

ひとりじゃないと、よく眠れないと思っていた。
なのにどうして浩一の腕の中は、こんなに安心できるんだろう。
「……おやすみ、みっちゃん」
うん。
おやすみ浩一。
明日目が覚めても、ちゃんと隣にいろよ?

3

目が覚めると、昨日の出来事はすべて夢だった。

――なんてことにはなっていなくて、翌朝も俺は死体状態の浩一と登校した。朝一番で確認した心臓は、やはり沈黙したままだ。だが顔色はかなりよくなっていたし、体温も生きている人間とそう変わらなくなっている。

これは不思議だ。

正直に言えば、日を追うごとに死体らしさに磨きがかかるのではないかと危惧していたのだが、むしろ逆になっている。いい傾向だ。目玉がでろーん、では普通の高校生として過ごすには、なかなか厳しいものがある。

「青海～」

教室に入るより早く、廊下で橋本が俺と浩一の前に現れた。俺の顔を見てオハヨ、と軽やかな声で言い、そののちに浩一に、

「どう？　今日もやっぱり死体？」

「そっか。変化なしかー。でも今日は顔色よくない？　メイクしてる？」

と聞いた。浩一はウンと頷く。

「いや、なんも」

「マジ、死体に見えないよ」

グッド、と言いたいのか、橋本が元気よく親指を立てる。この前向きさはどこからくるんだろうと、ちょっと感心してしまうほどだ。確かに浩一は死体には見えず、頭の陥没も髪がきちんと乾いていれば気にならない。心音を確認しない限り普通に生きている高校生となんら変わらないし、これなら自宅に戻っても大丈夫だろう。

「橋本、なんでこんなに早いんだ？」

まだ八時前である。いつも遅刻ぎりぎりに登校する橋本にしては珍しい。

「もー、眠くて歩きながら膝がカックンてなったよ。でもすみちゃんが迎えに来て、たたき起こされてさぁ」

すみちゃんというのは鏡屋寿美子という女子だ。無口で無表情、つまり橋本とは正反対のタイプといえるが、なぜかいつもふたり連んでいる。

「そういや、昨日鏡屋は休んでたな」

「うん。欠席してたんだよね。巫女舞いを奉納しなきゃいけない日だったから」

「ミコマイ？　ホーノー？」

浩一はきょとんとしていたが、俺は「ああ、鏡屋のお父さんは宮司か」と理解した。

「グージ？　みっちゃん、それなに？」

「わかりやすく言うと神主さんだよ」

「そうそう。さすが青海」

浩一は頷いて「お寺かあ」と言い、俺を呆れさせた。

「神主さんなら神社だ。お寺は僧侶。それくらいは覚えておけよ」

「そーだよ山田、坊さんと神主の区別もつかないと成仏できないよ？」

橋本の発言が冗談なのか素なのかちょっとわからない。俺は聞かないふりをして、浩一はまったく気にならないようだった。

「そっか。寺が坊さん。神社が神主さん……初詣ってどっちだっけ？」

「柏手打ったら神社だな。でも寺に初詣する人もいる。浅草寺とか、成田山とか。……で、橋本。なんで鏡屋にたたき起こされたんだ？」

「うん。昨日電話で山田の話したら、休んだのをめちゃくちゃ後悔しててさあ。よっぽど山田を見たかったんだろうね。そんで、今朝は早く学校に行こうって。声が弾んでたもん」

　鏡屋の弾む声は想像しづらい。滅多なことでは表情を変えない彼女は、別名、女青海と言われているくらいだ。無口さにかけては俺の上を行っているかもしれない。

日本人形みたいに切りそろえた前髪と大きな黒目が印象的な、小柄な女子だ。

「触れる『鬼』を見るのは初めてなんだって」

「おに？」

俺と浩一が同時に復唱した。

「節分は、もう終わったよな」

「違うよ山田、豆まきの鬼じゃなくて……まあ、そのへんはすみちゃんに聞いて」

橋本がドアを開ける。ガランとした教室はまだヒーターが入っていないので寒い。

中央列の一番後ろの席に鏡屋が座っていた。

「すみちゃん、来たよー」

「うん」

鏡屋は座ったまま俺たちを……いや、浩一を見ている。大きな瞳がきらきらしていた。表情はいつもと同じなのだが、内から興味津々というオーラが滲み出ているのがわかる。生きている死体は確かに珍しいが、女子高校生をそこまでときめかせるものではないはずだ。

「おはよ、鏡屋」

「おはよう」

浩一と俺が投げかけた挨拶に、やはり「うん」とだけ答えた。

俺たちは鏡屋の正面に座り、鞄はとなりの席に放り投げた。どうせほかにはまだ誰も来ていない。鏡屋はしばらく浩一を見つめていた。穴があくほど、とはよく言ったもので、浩一の皮膚に食いこむような視線だった。雰囲気に呑まれて浩一も黙り込む。やがて、

「うん。死んでる」

鏡屋が言った。続いて浩一の手の甲をポンポンと叩いて「でも実体。しかも体温保持」と呟いた。そして俺を見ると、

「青海くん。山田くん、よく死んでるね」

などと感心したように言うのだが、俺はそれには同意できなかった。

「あのさ鏡屋。その『死んでる』っていうの、やめてくれないか。浩一は『生きている死体』っていうコンセプトだから」

「なるほど。青海くんからしたら、その定義で正しい。了解。それにしてもすごいね。こんなに実体のある鬼は、初めて見た。ちょっと感動」

「みっちゃん、俺、褒められてる？」

鏡屋にペタペタ触られながら、浩一が俺に聞く。

「さあな。まあ、人に感動を与えられたなら、よかっただろ。……鏡屋、その鬼っていうのはなんなんだ？」

「そうそう。なんで俺が鬼なの？」

「すみちゃん、あたしも知りたーい」

鏡屋は一同を見ながら、

「鬼は、つまり、死者」

と短く説明した。俺はああ、と思いだした。本で読んだことがある。

「中国だっけ？　死者のことを鬼とも表すんだよな。だから死ぬことを鬼籍に入る、なんて言うし」

「奇跡に入る？」

「浩一、おまえたぶん漢字変換が違うぞ。鬼に、戸籍の籍で、鬼籍」

ほお、と浩一と橋本が感心した。

「私の曾お祖母ちゃんも視える人だったんだけど、時々『おや、鬼さんがおる』って言ってた。霊魂的なものが見えたんだと思う」

「鏡屋も視える人、なわけか」

俺が聞くと「曾お祖母ちゃんほどじゃないけどね」と肯定した。横で橋本が、

「キホン、ナイショだよ？　霊感女子高生とかいって、騒がれたくないから。すみちゃんはそういうのキライなんだから」

「わかる。俺も、生きている死体男子高校生って騒がれたくない」

ウンウンと浩一が同調していた。

「けど、すみちゃん、山田はぜんぜん『鬼』っぽくないよ。ツノもないしさ、ただの高校生にしか見えない」

「うん。でも『鬼』。……だから」

ぽつりと言ったあと、鏡屋は手元にあったノートの端に定規を当て、ピリピリと栞くらいの大きさに切った。そしてそれにサインペンでキュキュッと星印を描き、

「ちょっと、失礼」

浩一の額にぺたりと貼る。そして、

「ト、オ、カミ、エミ、タメ」

謎の呪文を唱えた。いくら家で巫女さんをやっているとはいえ、ここまでサービスしてくれなくてもいいのに、と俺は苦笑気味だ。あの星印はいわゆる晴明桔梗だ。最近は陰陽師がちょっとしたブームらしく………。

「……浩一？」

変だ。

「……おい？　浩一？」

動かない。瞬きすらしない。

浩一ひとりが『だるまさんが転んだ』状態になっている。

「あ。効いた……実は初めてやったんだけど……効いたね……」

「ちょ、なにしたのすみちゃんッ」

「封じてみた」

鏡屋は淡々と答えたが、俺は焦った。

「封じたって……おい。浩一！　浩一！」

「動けない。封じちゃったので……」

「うわ……すっご……すみちゃんってこんなことできるんだ。なら、今度あいつ封じちゃってよ、ほら、いつも女子にセクハラっぽいことという数学の……」

「いくちゃん。生きてる人には無効だよ。これは鬼にしか効かない」

「おい、鏡屋、いくら鬼だからといってこの扱いはないだろう。早くもとに戻してやってくれ」

やや声を荒らげて俺が言うと、鏡屋は真面目な顔で「だけど」と返した。

「鬼ってのは、普通封じとくもんなんだよ」

「でもでも、山田にこんなん貼ったら可哀相だよ。なんも悪いことしてないんだよ？ただ死体なだけで……」

えらいぞ橋本。そのとおりだ。

「鏡屋、浩一は俺たちになんら危害を加えてないんだぞ」

「それはどうかな……」

小さな口をちょっと曲げて、鏡屋は思案した。

「まあ、私程度の封印にかかってるってことは、鬼として相当非力っていうことなんだろうけど……」

「すみちゃん、泣いた赤鬼って話もあるじゃんか。山田はいい鬼なんだよう、解放してあげてよう」

「山田くんは確かにいい人だけど、でもそういう問題とは違ってて……」

鏡屋は下から覗き込むようにして浩一を更に観察し、「なんでこの人、鬼になんかなっちゃったのかな……」と呟いた。浩一はやや前傾姿勢のまま、大きな置物と化している。

「亡くなった人が鬼になるには、理由があるはずなんだよね。定番としては強い恨みが残ってたり、後悔があったり、未練があったり……。もっとも、人間なんて誰でも、突然死んだら未練はあるんだけどね。それでも死という現象の力はすごく強くて、生半可じゃなかなかこっちの世界には留まれない。しかもボディがこれだけしっかりついているっていうのは珍しい。ボディの維持は大変だから」

浩一は死んでも死にきれないほど誰かを恨むタイプではない。なら後悔か、未練……そんなに強い、絶ちがたい、未練？

「鏡屋、とにかく封印を解いてやってくれないか。このままだと眼球が乾いちゃいそうで、見てられない。こいつはなんの悪さもしないよ。それは俺が保証する」

鏡屋はしばらく思案気な顔をしていたが、やがて俺の申し出を許諾した。

「まあ、人食いじゃなさそうだからいいかな……」

「ええっ、人を食う鬼もいるのっ!」

橋本が浩一からサササッと身体を離した。庇(かば)ったり、ビビったり、忙しいやつだ。

「いるもいないも、たいてい鬼ってのは人を食うものだから」

鏡屋の説明に、橋本が俺をまじまじ見て「どっか齧(かじ)られた?」と聞く。俺はぶんぶんと首を横に振った。

「青海くん、お札取ってあげて。そしたら動けるようになる」

なんだ、それだけのことなのか。もっと早くやればよかった。俺はそう思いながら、浩一の額に貼られた札を取る。それはペリンと、簡単に剝(は)がれた。

途端に浩一がひゅっ、と息を吸って、ガタンと椅子の背に寄りかかる。

「おい。大丈夫か?」

「はぁ……びっくりした……なんか、空気のコンクリで塗り固められてるみたいな……鏡屋、ひでえよ……」

「うん。ごめん」

「俺、人食ったりしないよ。絶対マズいじゃんか」

封じられているあいだも、会話は聞き取れていたらしい。

「いや、食べ方にもいろいろあるんだけど……それにしても、死体とは思えないほど顔色がいいね、山田くん」

「昨日はもっと死体っぽかったんだ。体温も低かったし、肌の色も青白くて」

不思議そうな鏡屋に俺が説明すると「なのに今日はこれ？」と首を傾げる。

「そう。俺も起きた時から不思議で……っくしゅんっ……」

グス、と洟を啜りながら答えた。

寒い。まだヒーターは効き始めていないようだ。浩一が慌てて自分の……血のにおいを取るため、さんざん消臭スプレーしたベンチコートを脱いで、俺をくるむ。

「仲いいよねえ、ふたり」

橋本が羨ましそうな声をあげる。鏡屋は俺たちを見てさらに尋ねた。

「起きた時……ってことは、昨日から今朝まで一緒にいたの？」

「そう。みっちゃんの家に泊めてもらった。家には電話だけいれて」

そうなんだ、と呟いた鏡屋は、次にとんでもない質問をぶつけてきた。

「ふたりで、昨日の夜、なんか特別なことした？」

今度は俺の心臓が止まるかと思った。

特別なことって、いやまさか、あのことじゃあないだろうとは思うが……しかし特別と言えば特別とも言えるし……だからと言って鏡屋にそれを告げられるはずもなく、結局顔を固まらせたままで「とくに思い当たらないけど」と棒読みで答えるしかない。

浩一はと言えば、

「えっ、えっ、と、とくべつ？」

と声を裏返している。バカ。落ち着け。


「浩一は腹が減らないらしくて、食事はしなかった。けど、風呂は入ったな。そのせいで体温が上がったとか？」

「恒常性がもうないんだから、外から温めても無駄なはずだけどね」

俺と同じくらい成績のいい鏡屋がもっともなことを言うので「常識で考えればな」と返す。


「そもそも、死体なのに腐らない時点で、生態系から離脱してるんだ。だからそのへんはもう、考えないことにした」

「そっか。私はつい考えちゃう……実際、山田くんは動いているんだから、なんらかのエネルギーは必要だと思うんだよね。有機体の代謝とは別のシステムがあるんじゃないかな」

「オカルトに法則性を求めるのは無理があると思うぞ」

「……そうとも言えるね。法則が見えたらもう、神秘でもなきゃ秘匿されてもいないんだから」

「もー、このふたりの会話、小難しくてわかんないよぉ」

橋本が言い、浩一が「俺も」と頷いている。

「ごめん、いくちゃん。まあ、山田くんもなにかしらのエネルギー摂取はしてるんじゃないかな、ってこと。無意識のうちにね。具体的なところは私にもわからない。ただ、いずれにしても時間の問題ではあるのかな」

時間の問題？

なにが時間の問題なのかを俺が聞こうとしたとき、委員長が入ってきた。八時をすぎて、そろそろほかの生徒も登校してくる時間だ。

「……おはよう。珍しい顔合わせだけど……どうしたんだ？」

委員長の質問に「べつに」とだけ答えた。鬼だの御札だのを説明する気にもなれず、俺は浩一を連れて席を移動する。委員長は口を尖らせ、仲間はずれにするな、とでも言いたそうな顔をしつつ、

「おい、山田は今朝は元気なのか？」

と聞く。浩一が「げんきげんきー」と顔だけ振り返って答えた。そうだな、死体だけど今朝は元気だな。

鏡屋はすでに巫女モードから高校生に戻り、橋本に数学の宿題を教え始めていた。

あの子には浩一がどう見えているのだろう。見ただけで、死んでるとわかるのって

……どんな感じなのだろうか。

そんなことを考えながら、またくしゃみをする。

「みっちゃん、風邪ひいちゃだめだぞっ」

死体に心配されて、俺は「わかってる」と答えた。

「……そういや、おまえは宿題大丈夫なのか？」

浩一は目を見開き、「写させてッ」と縋りついてきた。

三時間めまでは、なにごともなく過ぎていった。

死体高校生はいつもどおり居眠りをしながら授業を受け、俺は真面目にノートを取る。浩一が死体だと気がつく教師はおらず、クラスの連中も他言していないようだ。

もっとも、誰かがばらしたところで信じる者はいないだろう。

その点は香住の言っていたとおりなのだ。あるいは、クラスの半数くらいは、昨日のアレはなにかのネタや冗談だったのかも……と思い始めているかもしれない。俺としてはどちらでもいい。とにかく浩一が今までどおり過ごせることが大事だ。

午前最後の授業は、担任でもある小河の現代文だった。

だが十五分過ぎても教室に現れない。委員長が「職員室に呼びに行く」と言って立ち上がり、みんなのブーイングを受けていた。

「いいじゃんべつにー。自習してようよー」

教科書すら机に出していない橋本が自習と言っても、あまり説得力がない。

「授業が遅れるのは困るだろ。……それに、ちょっと心配なんだよ。小河先生が授業に遅刻なんて、今まで一度もない」

委員長の言うように、我らが小河先生はとても真面目な人だ。

三十代後半、男性だがマッチョとはほど遠いタイプで、見た目も線が細く、人当たりは穏やか。時にこのタイプの教師は生徒に舐められがちなのだが、小河はそうなっていない。生徒に対していつも真摯で、授業にも工夫があり、熱血ではないが熱心なのが伝わるからだろう。橋本にしても小河を嫌いではないので「そういえば、珍しいね……」と、心配げな顔に変わる。浩一はといえば、相変わらず隣の席ですやすや寝る子は育つと言うが、死体の場合はどうなのだろう。

クラス中がざわついてきたところで、ガラリと前扉が開いた。やっと小河先生の登場かと思ったのだが、

「どうした2C、賑やかだな……あれ、いま現国じゃないのか？」

入ってきたのは玉置という生物学教師だ。このクラスの副担任でもある。

「あっ、タマちゃん！　オガちゃん先生がこないんですよ〜」

橋本が言い、委員長も「連絡もなくて」と玉置を見る。からし色のハイネックセーターに白衣を羽織った玉置が、かすかに眉を寄せた。飄々として威圧感がなく、なにを考えているのか、いまひとつわかりにくい人だ。ルックスはなかなかなので、女子からは人気がある。

「朝のホームルームには？」

「その時はちゃんといらっしゃいま……」

「いたけどさー、なんか様子ヘンだったかも」

委員長にかぶせて、橋本が発した。隣の席の鏡屋に「ね？」と同意を求め、鏡屋は無言のまま頷いた。

「ヘンって、どんなふうに？」

玉置の問いに、クラスのあちこちから「髪がさ」「クマすごくて」「無精ヒゲ」「でも笑ってたじゃん」などいくつかの声が上がった。

小河はごく地味な服装だけれど、いつもきちんとアイロンの掛かったシャツを着ていて、清潔感がある。身だしなみが乱れていることは珍しかったが、俺もその時はさほど気にしていなかった。寝過ごしたのかな、と思った程度だ。

「……何日も眠れていなくて、かなり参っているのに、それでも仕事には出てきて、周囲に悟られないよう無理やり笑っている人の顔でした」

端的にまとめたのは鏡屋だ。橋本が「あ、それそれ～」と感心して頷く。

玉置は一瞬、明らかに表情を曇らせた。だがすぐにいつも通り飄々と、

「ま、大人にも色々あるってことだ」

そう言ったあと、委員長に「とりあえず自習。静かにな」と言い渡し、教室を出て行く。生徒だけになり、みなが好き勝手なことをし始めたが、何人かは小河を気にしていた。

「どうしたんだろー。オガちゃん繊細そうだからなー」

「年明けくらいから、ちょい暗くなかった？」

「そうだっけ？　小河先生ってもともと静かだから、わかりにくい～」

確かに小河は物静かでいつも微笑んでいるので、内心がわかりにくい。俺は逆に、いつでも安定の無愛想なので、内心がわかりにくい……そう橋本に指摘されたことがある。そんな俺でも、もちろん内心は感情の波に翻弄(ほんろう)されて生きているわけだから、

大人だろうと小河も同じだろう。そして、小河がどんな感情の大波にザブザブやられているのか――俺はある程度予想がついている。本人に確かめたことはないし、とてもそれはできないけれど、たぶんその予想はあたっている。

頬杖をついたまま、なんとなく隣を見た時、浩一がむくりと顔を上げた。

「起きたか？」

「………」

浩一はどこかぼんやりしたまま、珍しく俺の言葉に反応しなかった。そして無言のまま、ガタンと椅子を鳴らして立ち上がる。

「浩一？」

「……オガちゃんが」

「ああ、自習になったから……浩一？　どこに行くんだよ」

浩一は歩き出してしまう。委員長が「自習だけど教室を出ちゃだめだぞ」と浩一に声を掛けた。それでもむしろ歩みを速める浩一を追いながら、俺は「ちょっと医務室」と委員長に言う。

「浩一は……その、体調がアレだから！」

ほとんど意味をなさない言い訳を捨て台詞にした。体調が悪いからというか、体調としては死体だ。それゆえに、なにが起きるかわからない。

浩一は背が高く、脚が長く、だから早歩きされると俺はほとんど小走りみたいになる。追いかけながら「どうした」と聞くと、俺を見ないまま、

「急がないと、小河先生が」

とだけ答える。後方から誰かついてくるのに気づいて振り返ると、委員長だった。

「青海、山田はどうしたんだ？」

咎めにではなく、心配してついてきてくれたらしい。

「わからない。小河先生を気にしてる」

浩一の歩き方は、見えないなにかに誘導されているようだった。

どんどん歩調が速くなる。そのまま校舎を出て、学校の広い敷地の端のほうに向かっていた。

「旧校舎に行くのか？」

委員長が言い、俺もそうかもしれないと思った。俺たちの学校は創立から結構な年数が経っていて、昔使っていた校舎がまだ残っている。よく言えばレトロ、悪く言えば古くてボロいそこは、なぜかなかなか取り壊されず、壁の一部をツタに覆われたまま建っている。学校の七不思議で「出る」と言われている場所なので、いつもの浩一なら行きたがるはずがない。

でも今……浩一は『いつもの』とは言えない状態なのだ。

「あれ、なんで開いてるんだろ」

委員長が不思議がる。常に施錠されているはずの扉に、浩一が吸い込まれるように入ったからだ。俺たちもそれに続く。埃っぽいような、かび臭いような、取り残され忘れ去られた場所独特のにおいがしている。

浩一は階段を上った。どんどん上った。

そして屋上に出る。

パンと空が広がる。今日はよく晴れていて、冬空が目に痛いほど青い。

小河がいた。

俺は驚いた。屋上の端……金属網のフェンスが一部破れていて、そのすぐ前に立っている。小河も俺たちを見て驚いているようだった。それはそうだろう。ここは誰も立ち入るはずのない場所なのだから。

「……青海。これって……やばい状況じゃないか……？」

委員長の言うとおりだ。

俺たちはその場に立ち止まる。下手に近づいて刺激したくなかった。

たぶん今、小河の精神状態は普通じゃない。相当追い詰められている。ふだんは理性的で優しい人だ。昼間の学校でこの行動をチョイスしたのなら……本当にぎりぎりの状態なんだと思う。

浩一だけが、俺たちよりは小河に近い場所にいた。

そしてじっと小河を見ていた。小河は俺たちを見たまま、動かない。生徒たちの目の前でその行動を取っていいのか、迷いが生じているはずだ。

風が吹く。

寒い。すごく寒い。コートを着てこなかったから。

浩一のちょっとだけ長い髪が風になぶられている。浩一は寒くないんだろうか。

複数の足音が聞こえてきた。

「連れてきた」

淡々と言い、現れたのは鏡屋だ。玉置先生の腕を引っ張っている。玉置は俺たちより先に小河を見て、目を見開いた。口が「な」の形に開いたけれど、言葉は出ない。なにをしているんだ——と言いたかったのだろうが、そんなことは一目瞭然だ。

少し遅れて、橋本も来る。息を切らして俺の横に立ち「す、すみちゃんが急に教室を出てさ……」と教えてくれる。

「慌ててあたしも追いかけたら、まずタマちゃんを見つけて、そしたら問答無用でここまで引っ張ってきて……」

俺たちが教室を出てすぐのことだったらしい。本気出したすみちゃん、めちゃ速い……と橋本はまだハァハァ言っている。

「小河先生」

玉置の声が風に巻き上げられる。その声は落ち着いていたけれど、そうしようと努力しているものなのがわかった。内心は動転しているだろうし、当然のことだ。

玉置はゆっくりと進んだ。けれど、浩一とほぼ同じ場所まで来たとき、

「来るな」

小河が強く拒絶し、さらに一歩、後ずさる。

「来ないで、ください」

「なら、小河先生がこっちに戻ってください」

玉置の頼みを、小河は「いやです」と拒んだ。玉置はさらに、「生徒がいるんですよ。先生のクラスの子たちが」と窘めたが、それでもその場を動こうとしない。視線だけが、俺たちに向けられた。

「……青海くんたち……教室に……戻りなさい」

弱々しい声で、そんなふうに言う。

「僕は……大丈夫だから、戻りなさい。玉置先生も……しばらく、ひとりにしてください。大丈夫だから……」

悪いが、まったく大丈夫に見えない。そもそも大丈夫な人は、数歩下がったら真っ逆さまな場所に青ざめて立っていたりしない。

「小河先生。もう一度、話し合いましょう」

「話すことなんか……ないでしょう？」

「どこかに座って、温かいものでも飲みながら」

「……来ないでください！」

玉置が近づくのを見て、小河が叫んだ。

摑んだフェンスがガシャンと音を立て、玉置はギクリとその場で止まり、

「雅彦……頼むから」

初めて、小河を下の名で呼んだ。

地味な小河とは違い、教師にはもったいない顔だちで、いつも飄々とマイペース、時には皮肉なジョークなども飛ばす玉置がさすがに青ざめている。

「いやだ」

小河はそう返す。そしてその場にいる全員に、

「帰ってくれ。ひとりにしてくれ。好きにさせてくれ……」

叫ぶように言い、さらに、

「僕にはこうする自由だって、あるはずだ」

そう続けた。

浩一の身体がピクリと揺れる。

突然、大股で歩き出す。小河が「山田、来るな」と声を上擦らせたけれど、歩みは止まらない。すると小河は逃げるように、とうとうフェンスの破れた隙間から、向こう側へと行ってしまう。

「雅彦！　やめろ！」

玉置の大声がして、ようやく浩一が止まる。

そして……なにを思ったのか、その場で服を、つまりジャージを脱ぎ始めた。勢いよくジッパーを下ろし、袖を抜き、アンダーのTシャツも脱ぎ捨てて、上半身が裸になる。俺たちも驚いたし、小河も同じだったろう、その場で固まっている。

そして浩一は再び歩き出した。

小河はその姿を見つめている。浩一の上半身は内出血だらけなので、それから目が離せないようだ。生徒を心配する教師としての気持ちが、小河の暴走に制止をかけているのかもしれない。

「先生」

浩一が声を出した。フェンスを挟んで、小河が向き合っている。

「や……山田、それ、痣……どうしたんだ？」

「うん。これ、交通事故です」

自分の痣を見下ろし、浩一は説明した。

「こ……交通事故？」

「先生、俺、昨日、トラックにぶつかって、頭打って、心臓が止まってて」

小河は言葉を失って、浩一を見ていた。もちろん信じてはいないだろう。ただ、なぜ浩一がそんなことを言い出したのかわからずに戸惑っているのだ。

山田浩一は明るく素直でクラスの人気者、スポーツが得意だが成績はいまひとつ、現国はとくにもう少し頑張ってほしい……それが小河の認識のはずだ。痣だらけの半裸で、意味不明なことを言い出すタイプではない。

浩一は大きな身体を屈め、破れたフェンスをくぐる。

俺は息を呑んだ。ふたりとも、後ろへ数歩進めば落下する位置だ。

風がビュウビュウ唸ってる。

なにかに怒ってるみたいに、古く傷んだフェンスをガタガタ鳴らす。

「や……山田、危ないから、戻りなさい……」

「先生のほうが危ないよ」

「僕は……僕は………いいんだ」

「先生はさ、ここから落ちたらぜんぶ終わると思ってるんだろうけど」

風が運んで来る浩一の声はいつもと変わらず穏やかで、

「でも、違うかも」

少しだけ、悲しげだった。

「山田……？」

「ほら、俺のここ触ってみて」

浩一が小河の手を取り、いくらか強引に自分の胸に引き寄せる。

「山……」

「鼓動、ないでしょ」

「…………」

「動いてないでしょ、心臓」

「…………」

ふたりは動かない。

半裸の生徒と、その胸に手を当てる教師……そんなタイトルの彫像みたいに動かない。彫像と違うのは、風が吹くとふたりの髪が乱れるところだ。

「……青海……山田はなにを言ってる？」

怪訝な玉置に俺はなにも答えなかった。橋本が「あれはァ、山田くん流の説得なんです！」とかなり苦しい返事をする。

「それにしたって、心臓が動いてないって……青海、山田はいったい……」

「うるさいな」

俺は苛つきを隠さずに、玉置を見た。

「そんなことより、ちゃんと説得しろよ。あんたの彼氏だろ」

「…………」

「別れ話とか、こじれたんじゃないの？　浩一まで一緒に落ちたらどうするんだよ。ただでさえ……もう……」

死体なのに。あちこちぼろぼろなのに。

これ以上、身体に損傷が生じたらどうするんだ。そんな気持ちがこみ上げてきて、俺はとてもその場に留まれずに歩き出した。途中で浩一の脱ぎ捨てたジャージを拾って抱える。

「みっちゃん」

浩一が俺を見る。

「お、青海……」

「先生。まず最初に大事なことを言いますね」

俺は不機嫌な口調を隠さなかった。

「この程度の高さだと死なない可能性、結構ありますよ？　全身骨折の重傷だとか……重い後遺症や障害は残ると思いますけど、そういう結果をお望みなんですか？」

「ち……違……」

「ですよね。たぶん、衝動的にここに来ちゃったんだと思いますけど、いったん落ち着いたらどうでしょう。ちゃんと専門家の診断を受けて、必要なら薬とか飲んで、心の健康を取り戻すことをおすすめします。このまま勢いで、ここから落ちてもいいことないです。それに、俺の親友も一緒に落ちそうなんですけど」

「お、青海……山田を連れてい……」

「ただでさえ、浩一は大変なんですよ。心音、なかったでしょ？」

小河は目を見開いたまま、もう一度浩一の胸に触れた。鼓動を探した。頬を引き攣らせ、「なんで、なんで……」と呟きながら探し続ける。

「ないですよ、いくら探しても」

俺はフェンスの手前で止まり、平坦に言った。

「浩一、心停止してるんで」

「……おまえたち、ふたりともなにを言って」

「死体なんです。動いてるけど」

「そう、俺、死体です」

浩一が自分の胸をパンと叩き、宣言する。

「びっくりですよね。でもそうなんです。死体になったら、どっか別の場所に行くのかと思ってたんだけど……俺ってば、まだここにいるし」

「こ……ここ？」

「そう。ここ。なんだろ、現世とか言うのかな？　わかんないですけど。でもここにはみっちゃんがいるし、俺はそれだけでよくて」

浩一が笑う。

俺がいるだけでいいと、笑う。

「みっちゃんが一緒にいてくれて。曲がった脚も戻してくれたし、怪我も縫ってくれたんです。ほんと、みっちゃんなんでもできるんで。……けど先生、先生がここから落ちた場合……」

ひょいと下を覗き込んで、「身体の修復は難しいかも」と続けた。

「し……死んでない、だろ……山田は……」

「みっちゃんの定義では、生きてる死体、だそうです」

「生きて……ない……死体は………」

「俺もそう思うんですけどねー」

「……これは……きっと……夢なんだな……？」

夢なんかじゃない。

そう言い返したい俺がいた。

同時に「夢かもしれない」と……今もそう思いたがる俺もいるから、厄介だ。

何度も何度も夢じゃないんだなと思ったけど、でももし俺が醒めない夢の中にいたら、それをどうやって夢だと知るんだ？

その場合、夢と現実の違いはなんだ？

「そうですね、夢なのかも」

俺の頭に浮かんだ台詞を、浩一が言った。

「俺も思いますよ。夢ならいいのにって」

「山田も……？」

「はい」

浩一は少し笑って頷いた。

「夢なら……目覚めて、呆れて、笑って……大丈夫だ、って思えるのに。なにも変わってない、昨日と変わらない。俺はいつもと同じように、みっちゃんと学校に行くんだって……」

優しい声で言いながら、摑んでいた小河の手を離す。それからふわりと、小河の細い首に触れた。右手だけで、そっとだ。

小河の膝がガクンと落ちる。

「うおっ……」

失神した小河を支えて、浩一が軽く仰け反った。

ひい！　と悲鳴をあげたのは橋本で、俺は声すら出なかった。浩一はぎりぎりのところで、小河を抱えたまま踏ん張っている。

俺は脚が凍りついて動けない。

玉置が駆けてきて、浩一から小河の身体を受け取った。抱き締めて、その場に座り込む。浩一もまたへなへなと尻餅をつき、俺のほうを見る。そして、

「ビビったぁ」

と笑った。

「みっちゃん、今日、うちに一緒に来てくんない？」

放課後、浩一が言った。

二日続けて俺の家に泊まるのも親が心配するだろうし、いつまでもジャージというわけにもいかないので、自宅に帰る必要があるのだ。俺の制服ではサイズがぜんぜん合わないので貸しようがない。

「ひとりだと、なんか不安……」

大きな身体が項垂(うなだ)れて、口を少し尖(とが)らせる。たまに見せる甘ったれた浩一の顔が、俺はわりと気に入っていた。だがそんな素振りを見せたことはない。

「大丈夫そうだぞ。今日はもうぜんぜん死体っぽくない」

「けどさ、うちの元気がよすぎるチビたちが次々にアタックしてきたら、首とか足とか、変な方向に曲がったりしないかな……」

「そんなことは」

ない、とは言い切れなかった。

確かに、今や浩一の身体は骨でしっかり支えているというより、折れたりずれたりしているところを筋肉で頑張っている感がある。急な衝撃に弱いことが想定されるので、当面部活も休むことにした。だが考えてみれば、元気すぎる妹と弟のほうが部活よりも危険かもしれない。

「みっちゃんがいるとさ、あいつら多少はおとなしくなるから」

「そうか……俺が見ているあれは、多少おとなしい時なのか……」

「うん。下の湊(みなと)なんか、いつもロケットみたいに飛びかかってくる」

「それは激しいな」

「上の渚(なぎさ)は、死角から突進してくるしな……」

湊が弟で五歳、渚が妹で九歳だ。ふたりとも歳の離れた兄貴が大好きだけれど、そのぶん容赦なく愛情をぶつけてくる。

「いいだろ？　ふたりともずっと言ってるんだよ。みっちゃんいつ来るの、って」

「けど、急に行ったら迷惑だろ。お母さん今大変なんだし」

「いや、その母さんがさ、みっちゃんに会いたいって。なんかみっちゃんの顔見ると、可愛いから癒されるんだって」

「……よくわかんないけど……まあ……癒されてるならいいか……」

俺も山田家には何度も行っているが、浩一がうちに来る回数のほうが多い。逆にうちはそもそも人が、というか親がほぼいないので気を遣わずにすむからだ。浩一の家は、常に家族が揃っていて、そしてそこに人が増えても気にしないというタイプである。

実のところ、俺も浩一と離れるのには不安があった。

俺と離れている間に、浩一の身体に異変が起きたら……普通ではない死体の浩一が、普通の死体になってしまったら。もう二度と、こんなふうに喋ったりできなくなったら。どうしても、そんな考えが頭をよぎるのだ。

「うん……そうするよ。けど、お母さんに電話入れて確認して」

やったー、と浩一が笑う。お泊まり会を喜ぶ園児みたいだ。

　並んで下校する途中、忙しそうな委員長とすれ違った。浩一が「ばいばーい」と手を振ると、委員長は真顔で「車に気をつけて帰れよ」と言う。たぶん冗談ではなく、真剣なのだ。独特なやつである。

「委員長、校長先生に呼ばれたんだろ？」

浩一の言葉に俺は頷いた。もちろん、小河先生の件だ。

「たまたまおまえが小河先生の様子がおかしいのに気づいて、旧校舎に追いかけた、って説明になってる。俺と委員長で相談して決めた」

「たまたま……？」

「たまたま、だ。そこに詳しい説明なんかいらない。学校としては、あの場にいた生徒たちに口止めしておきたいだけだからな。みんなが見たのは、旧校舎の屋上でぼんやり物思いに耽(ふけ)っていた小河先生だ。それだけ」

「べつに誰にも喋る気はないけど……それでいいのかなあ……」

「小河先生は病院に行ったみたいだし、あとは大人たちが始末つけるだろ。……けどおまえは……えらかったよ。小河先生を止めて」

「えっ、俺、えらかった？」

浩一がもじもじと言う。俺はストレートに褒めることを滅多にしないので、恥ずかしそうだ。

「うん。あの人、いい先生だろ。……元気になってほしい」

「だな」

「でもおまえ、なんでわかったんだ？　小河先生が旧校舎にいるって」

「うーん……なんか、なにかに、引っ張られるみたいな感じ……？」

「なにかって？」

「なんだろう？」

逆に聞かれてしまい「俺にわかるわけないだろ」と返す。浩一は、俺はなんでも知っていると誤解しているところがある。

「首に触ったのは、なにしたんだ？　頸動脈を圧迫したようにも見えなかったけど」

首の動脈に圧を加え、血流を一時的に阻害すれば、人は失神する。格闘技の絞め技の原理だが、実際にはそう簡単なものではないらしいし、当然危険だ。

「あれもよくわかんないんだけど……なんか、そうしたかったっていうか……そうするべきだったっていうか……」

浩一が両手をわさわさと動かしながら、言葉を探している。けれど結局しっくりくる言葉は見つからなかったらしく「わかんないや」と降参した。俺も「そっか」と受け入れる。わからないことだらけだということだけ、俺たちはわかっている。

「オガちゃん、タマちゃんとつきあってたのかなあ」

「たぶんな」

「みっちゃん気がついてた？」

「なんとなく。あのふたり、アイコンタクトがすごく多かったから」

「俺ぜんぜんわかんなかったぞ……」

「みんなわかってないだろ。俺と鏡屋くらいじゃないか、気づいてたのは」

「別れちゃったのかなあ……それが耐えられないくらい……タマちゃんを好きだったのかなあ、オガちゃん……」

信号待ちをしながら、呟くように浩一が言う。

俺も同じようなことを考えていた。好きな人がいて、その人も自分を好きでいてくれて、でもなにかの理由でその関係が終わった時……以前の俺なら、そんなことで死ぬなんて、と笑ったかもしれない。

でも今は違う。浩一を好きになってからは、違う。小河先生が鬱状態になってしまったのが、理解できる。理屈としてではなく、その痛みを想像できる。

「……っくしッ」

考えている途中で、またくしゃみが出た。

浩一が自分のしていたマフラーを俺に巻きつけようとする。帰りがけに橋本が「山田、首の内出血目立つから～」と言って貸してくれたものだ。

俺はそのモコモコした黄色いマフラーを押し返す。

「だめだよ、風邪ひいちゃうよ」

「それは橋本がおまえにって貸してくれたんだろ。おまえがちゃんとしてろよ」

「俺は寒くないもん。死んでるから」

「死んでるって言うな」

「あ、死体だから」

「とにかくいいってば」

しつこいので先に歩いてやろうとした俺は、強い力でグイと引き戻された。そして半ば強制的にマフラーが巻きつけられる。橋本の色彩センスは個性的なので、ものすごく派手な蛍光イエローだ。

「わあ、みっちゃん、黄色似合うなぁ。可愛い。ヒヨコちゃんみたい」

浩一はマフラーの結び目を整えながら、楽しそうだ。可愛い可愛いと、バカみたいに繰り返す。童顔がコンプレックスの俺は、人からカワイイと言われるのが嫌いだ。浩一に他意はないとわかっているが……往来で連呼されるとさすがに恥ずかしい。

振り払って先に歩き出す。

「待ってよ、みっちゃん」

浩一は追いかけてくる。

すぐに追いかけてくると知っているから、俺はあいつを振り払えるんだ。

「まあああまあ、みっちゃん！　よく来てくれたわねー、ああ、今日も可愛い！　なんだかヒヨコみたい！　あっ、マフラーのせいか！」

またヒヨコと言われてしまった。だが相手が浩一のお母さんでは怒ることもできないし、実際いやな気分にもならない。

「みっちゃんは私のアイドルだよ……ああ、癒される……」

しみじみと見つめられると、俺はどう返したらいいのかわからない。以前、お母さんの好きなアイドルを知ったとき、なるほど、と腑に落ちた気分になった。そのアイドルに似ていると言われることが多かったからだ。

「さあさあ、座って。みかん食べててね。今夜はお鍋。今夜はっていうか、今夜もお鍋、なんだけどね、うちの場合！」

明るい早口で言うお母さんに、俺は「あの、手伝います」と申し出た。するとお母さんは大きなお腹を撫でつつ「へーき、動いてるほうが楽なの」と返した。

そう、お母さんは出産を控えているのだ。

確か来月の予定で……なんと浩一には十七歳下の妹か弟ができることになる。俺はお母さんの年齢を知らないけれど、浩一はかなり若い時の第一子なのだろう。

「台所はいいから、ごはんまで渚の宿題を見てあげてくれる？　みっちゃんは浩一より教えるのずっとうまいからさー」

浩一は「ひでぇ」とぼやいて、お母さんはまた笑う。渚はもう算数のドリルを用意してあって、俺の隣にもぞもぞ入る。入る、というのはこたつだからだ。

冬場、山田家の居間には大きなこたつがドンと置いてあって、ほとんどそこに全員がいる。湊は反対側の隣にきて、小さな手でみかんを剝いてくれていた。五歳にしては上手に剝けて、俺が褒めると満面の笑みになる。

浩一は俺の隣を取られてしまい、正面に座っていた。二番目の兄ちゃんとして忙しい俺を眺めてニコニコしている。

台所から鍋物の出汁が香ってきて、テレビではお笑い番組をやっていて、やがてお父さんが「ただいまぁ」と帰ってきて、湊が「おとう！」と嬉しそうに玄関に走っていって……。

まるで昔のテレビドラマみたいに温かく、賑やかな家族だ。

俺の家とあまりに違うので、最初のうちは面食らった。正直にいえば、あまりにアットホームで居心地が悪かったほどだ。

初めて山田家を訪れたのは高一の夏だった。俺は一人っ子だから、ふたりに対してどう接したらいいのかよくわからなかったんだけれど、ふたりのほうには一切遠慮がなかった。俺は二番目の兄ちゃんとなるか、あるいは山田家には二度と行かないか、その二択しかなかったわけで……前者をチョイスしたのだ。

湊と渚が懐いてくれたのが大きい。馴染むまでは一年くらいかかったと思う。

夕食になると、お母さんがしみじみと言った。

「みっちゃんがいなかったら、浩一の進級は危うかったかもねえ」

「そもそも、あの高校に入学できたのが奇跡みたいなもんなんだから。中学の先生なんか、浩一が『受かりました』って連絡したら、見間違いじゃないかって、自分でも確認に行ったのよ。まあ、あたしも行ったんだけどね？　あはははは。ほらほらほら、どんどん食べてね、こら、渚、あんたさっきから肉団子ばっかり取って！」

テーブルの中央では鍋がぐつぐつと湯気を立てていた。鶏肉の団子と野菜がたくさん入った鍋物は山田家の冬の定番だとお父さんが教えてくれる。お父さんは社会福祉士で、高齢者の介護に関わる仕事をしているそうだ。

「事務所に新しいパソコンが入って、スケジュール管理もそれでするようになったんだけど……どうにも苦手でねえ。みっちゃんはそういうの得意？」

そう聞かれて「はい、わりと」と答えた。

「あっ、じゃあ、食事のあとでいくつか質問しても……」

「おとーさんっ、だめ！　みっちゃんはあたしとゲームするんだから！」

「ちがうよ、みっちゃんはぼくと七ならべするんだよう」

「ちょ、みっちゃんは俺の友達なんだから、俺と……」

お母さんがポテトサラダを追加しながら「みっちゃん争奪戦だあ」とまた笑う。浩一がよく笑うのは、このお母さんに似たのかもしれない。

「それにしても浩一ったら、せっかくみっちゃんが来た日にお腹壊してるだなんて。寒いのに、また隠れてアイス食べたんでしょ。みっちゃん、浩一のぶんまで食べてね。このしいたけ美味しいのよ、肉厚で」

「はい、いただいています」

すでにいつも以上に食べている俺だった。鍋だけではない。ポテサラに唐揚げに大学芋にきんぴらごぼう……すべてが大きな器にドンッと盛られていて、各自、直接箸を突っ込むスタイルだ。運動部の合宿ってこんな感じなのだろうか。

浩一は相変わらず食べ物を口にしない。

ただテーブルに頬杖をついて、微笑みながら家族と俺の食事を見守っている。

「渚、なんだかちょっとおとなしいじゃん。いつもはもっとガツガツ食べるくせに。

あ、みっちゃんが来てるからだな？」

「なに言ってんの、兄ちゃん。バッカみたい」

「うわー、バカって言われた」

「おかーさん、ぼくネギきらいー」

「だめよ湊、そんなこと言ったら、ネギが泣いちゃうよ」

「うー……ネギからいもん………」

「湊、兄ちゃんがネギよけてやる」

「こら浩一、湊をあんまり甘やかすな」

「あのー、みっちゃんはー、彼女とかいるのー？」

「渚っ、みっちゃんのプライバシーを侵害すんな！」

「兄ちゃんは黙ってて」

「彼女……うん……いないよ」

「えー、イケメンなのに！」

「おかーさん、にくだんご、とってえ」

「兄ちゃんが取ってやっから、湊、こっちに来な」

浩一は膝の上に弟を乗せて、取り皿に肉団子を取ってやった。フーフーと冷ましながら食べさせる姿は慣れたものだ。

ふと見ると、居間の窓は曇り、サッシが結露に濡れている。

外はさぞ寒いのだろう。けれどもこの場所は、騒がしくも温かい。CMに使えそうなほどの家族団欒の中に自分もいるのは、いまだにちょっと不思議な感覚だ。

子供の頃から、ひとりでいることが多かった。

母は早逝し、父は仕事で忙しく、兄弟はおらず――物心ついた時から、個室が与えられていた。家政婦さんが鍋物を作ってくれる時には、ひとり用の小さな鍋が使われた。仮に父親とふたりで食事をするとしても、ひとり用の鍋がふたつになる、それが青海家なのだ。かといって、べつにそれを嘆くつもりはない。たまに来る浩一の家は楽しいが、ここにずっと住めと言われたら厳しいだろう。俺はひとりになれる空間が必要なタイプなんだと思う。

……などと、つらつらと考えていたら箸が止まってたらしく、再び「食べて食べて」とせっつかれ、慌てて俺は鍋に向き直った。

食事を終えて、お父さんにパソコンをちょっと教えて、渚ちゃんとゲームして、湊くんとトランプをして、さらに絵本を読み……三冊目になったところで、お母さんが「みっちゃん、お風呂どうぞ」と俺を助け出してくれた。

風呂のあとは、そのまま二階にある浩一の部屋に行く。

六畳間にはもう布団が二組敷かれていた。浩一は俺と入れ替わりで風呂を使い、微炭酸のドリンクを二本持って戻ってきた。ふたりとも布団の上に座り、小さく缶を当てる。大人だったらビールなんだろう。風呂上がりにビールで乾杯……それを、俺と浩一はできるのだろうか。

布団の上にあぐらをかき、浩一はほんの一口だけ微炭酸を含んだけれど、すぐに缶を置いてしまう。見慣れた横顔は、いつものように穏やかな顔だった。

俺の視線に気づき、こっちを向いて微笑む。

「みっちゃんが着てると、俺のパジャマでっかく見える」

「……でかいんだよ、実際」

「眠そう。疲れた？」

「少し」

「山田家、みっちゃん大好きすぎるよな」

「…………」

「けど一番好きなのは、俺だから。俺がみっちゃんを一番好きだから。よくご存じかもしれませんが、一応言っておきます」

ふざけたように言う浩一に、俺は近寄った。

風呂上がりでホカホカしてる浩一は、俺と同じシャンプーのにおいがする。浩一にもたれかかるようにして、手のひらをその胸に当てた。心臓がまた、突然動き出したりしていないだろうか。

「みっちゃん」

手のひらでは鼓動を探せなかった。諦めたくなくて、その胸に耳をつける。

静かだった。

いやになるくらい、静かだった。

緩く抱きしめられる。ごめんな、と小さく声がする。

「ごめん。もう、動かないと思う」

「……なんでそんなことわかるんだよ」

「なんとなくっていうか……。やっぱ、自分の身体だから、わかるような……」

「諦めがよすぎる。もうちょっと粘れよ」

「え〜、ある意味粘ってるよ、俺。心臓止まっても身体動かしてんだもん」

言われてみればその通りだ。俺は浩一から離れて、自分の布団へと戻った。あんまりくっついていると、それはそれでやばい。和室の防音性は高くないのだ。

「ウチに泊まること、お父さんに連絡した？」

「した。そうか、って。今日は家だけど、明日の早くから手術だってさ」

「大変だよなあ。人の命預かってんだもんな……」

それは俺も思う。金も名誉も大好きな父親だが、一番好きなのは完治した患者の笑顔なのだ。

父親のことは、息子として、それくらいは理解している。ただ、なんというか……本音のわからない人だよなと思う。

「あのさ、みっちゃん。俺を診てくれた女の先生ってさ……」

ゴロンと転がりながら、俺は「あぁ」と答えた。

「父親の、彼女」

「……………やっぱり？」

「うん。もう何年かつきあってるっぽい」

「えーと……でもみっちゃんのお父さんは今独身なわけだから……」

「向こうが既婚。だから不倫」

「…………きゃあ」

きゃあ、ってなんだよ。俺は思わず笑ってしまった。

「脅すようなことしたくなかったんだけど、まあ今回はしょうがない。香住先生んとこ、もう家庭内別居状態だから、離婚は遠くないだろうって」

「え、なんでそんな事情通なの……？」

「看護婦さん……あ、違う、看護師さんになったんだっけ……とにかく、そのカラオケ会に呼ばれた時に聞いた」

「カラオケ会？」

「俺、内科の師長さんと仲がいいんだよ。昔から知ってて、もうおばあちゃんみたいな感じ。何度か授業参観にもきてくれたくらい。……香住先生の離婚が成立したら、うちの父親と結婚するのかもなあ……」

天井をぼんやり見上げながら、そんなことを考える。電灯から長い紐がぶら下がってて、その先端で小さなピカチュウがゆらゆらしている。これ、寝たまま電気が消せて便利なんだ。

「みっちゃんは、それでいいのか？」

ピカチュウをつつきながら「俺が口を出すことでもないだろ」と答えた。

「けど、あの先生がみっちゃんのお母さんになるわけで……」

「どうせ大学入ったら一人暮らしするつもりだから、あんま関係ない。まあ、相続の問題くらいか？　でもそれもどうでもいいし。そもそも、母親ってものに縁がなかったから、よくわからない」

「みっちゃんが八歳で亡くなったんだよな」

「そう。けど、四歳の時には入院してたからなあ。母親とあの家で生活した記憶って、ほとんどないんだよ」

「そんなに早くから病院に入ってたのか？　俺、知らなかった」

「言ってなかったっけ」

俺はまたゴロリと回転する。浩一も寝転がって、互いの肩が触れ合っていた。

「俺、母親のことで覚えてるのって、厳しくて怖かったことくらいでさ。見舞に行っても、ちゃんといい子にしてますか、勉強してますか、好き嫌いしていませんか、姿勢よくしなさい、ここは病院なんだから静かに歩きなさい……って感じ」

曖昧な、母親の印象。

病人なのに背中はシャンとして、痩せていて、美人で、でも目がきつかった。

今の俺の顔は母親によく似ていると言われるが、自分ではよくわからない。まあ、無愛想なところは母譲りかなとも思うが、よく考えれば父親も愛想がない。母が入院した頃から、小学校の途中までは父方の祖父母宅にいた。いま思うと、祖母と母の関係はよくなかったのかもしれない。祖母は俺を、あまり見舞に連れて行きたがらなかったのだ。

その祖母も、俺が中学に上がった年に亡くなった。

「母親に頭撫でられたり、抱きしめられたりした記憶もない。赤ん坊の頃はあったんだろうけど、さすがに覚えちゃいないし」

それでも、厳しくああだこうだと言えていた頃はまだ余力があったのだろう。最後の半年は、ほとんど寝たきりで口数もかなり減っていた。

俺の名前を呼び、じっと見つめるだけだ。

目を開けているだけでも疲れてしまうようで、俺もそんな母親を見ているのはしんどかった。父親に背中を押されて近づき、そっと手を握ることもあった。枯れ枝みたいな指が怖かった。

「……夜中にさ。八歳の時。寝てたら、親父が部屋に入ってきて、すごく優しく俺を起こすんだよ。そんなこと一度もなかったからすぐわかった。ああ、お母さんが死んだんだな、って」

車で父親の病院に向かった。

死んだ、というのは俺の早合点で、正しくは「死にそう」だった。もう本当に時間の問題だったのだろう、母親の身体にたくさんついていた管のほとんどは取り除かれていた。意識はなくて、でもまだ身体は温かかった。

ママにさよならを言いなさいと父親に促され、あまり言いたくなかったが呟（つぶや）いた。

さようなら、と。

「そのあとしばらくして、息を引き取ったって」

「……そっか」

「俺、泣かなかったんだよなあ。悲しくなかったわけじゃないと思うけど……なんかこう、実感ないっていうか。母親だけど、身近な人ではなかった感じで。我ながら冷たい息子だと思うけど」

浩一が俺を背中から抱えて、「みっちゃんはあったかいよ」と言った。体温のことなのか、人間性か……たぶん、両方を言ってくれたんだろう。

浩一の腕の力が強くなって、俺はますますギュウと抱かれる。ちょっと痛いくらいだったけれど、それが嬉しかった。浩一を実感できるから。

俺は自分に巻きついている浩一の腕を撫でる。

身体を回して、向かい合いたいと思ったけれど、迷った。

だってそうしたら絶対にキスしたくなる。

いつ襖が開いて妹や弟が飛び込んでくるかわからないここでは、それはさすがにまずかった。

4

　浩一が死体になって三日めの午後、その現象に気がついた。

　きっかけは、世界史の小テストだ。いつものように、テスト用紙が前の席から回される。浩一は、俺の隣の席でうんざりした顔をしていた。なにしろ自分の生まれた年ですら、西暦に直すと間違えるやつである。そんな浩一にピューリタン革命がいつだったか覚えられるはずもない。だが世界史を受け持つおじいちゃん先生はまめに小テストを行うスタイルなのだ。

「せんせー、一枚足りませーん」

　浩一の列の、最後尾に座っている女子が言う。教師はそんなはずは、という顔をして列を見た。そして眉間に皺を寄せると、

「ほらそこ、休みの机に置くから」

　そう言って浩一の席の横まで歩み寄り、シャーペンを構えている浩一には目もくれず、机の上から用紙を取ってしまう。

そのまま一番後ろまで歩いて行くと、生徒に「はい」と差し出した。差し出された女子は、ぽかんとしたままそれを受け取る。ぽかんとしたのは俺も同じだ。

まるで、その教師には……浩一が見えていないようだった。

いくら老眼とはいえ、これほど大きな図体の浩一が見えないはずはない。わかりにくい冗談なのかとも考えたが、このおじいちゃん先生はそういうタイプではない。

さらに、俺は気がついた。

クラスの多くは今の出来事に目を丸くしているが、まったく意に介さず、なにごともなかったような顔でテスト用紙に名前を書き込んでいる生徒もいるのだ。

もしかしたら、彼らの視線の先に浩一はいないのではないか。

おじいちゃん先生同様、見えていないのではないか？

俺の予感は的中していた。

「話しかけても、無視されることがあるんだよな―」

昼休み、浩一が言った。人気のない生物室で俺たちは話していた。委員長も状況に気づいていて、一緒にいる。

「僕の観察したところだと、いま六、七人くらいかな。山田とあまり接点のなかったやつだ。普段から喋ってたような連中には、ちゃんと見えてる。……どうする？　アンケートでも取ってみるか。あなたは山田浩一くんが見えてますか、って」

「バカなのか、おまえ」

俺の冷たい一撃に、委員長がむくれて「だけどさ」と反論した。

「山田のためにも現状を把握しておく必要があるんじゃないのか？　この先なにが起きるかもわからないんだし……」

「なにが起きるっていうんだよ」

「だから……それがわかんないからこそ……」

「わからないなら対処しようがないだろ。現状を把握したって無駄で無意味だ」

「青海？　なんで怒ってるんだよ」

委員長に言われ、俺は目を逸らす。確かにいらいらしていた。怒っているのかもしれなかった。だって、そうだろ。浩一が見えないって、なんだそれ。

「うーん……見えないっていうか……俺のこと、忘れてるのかなって気がする」

「忘れてる？」

俺を見て、浩一がウンと頷く。

「ほら、人間って、死んだ人のこと少しずつ忘れるだろ？　たとえばさ、有名人とか芸能人が死んでニュースになって、最初はびっくりして、話題にも出て、でもだんだん思い出さなくなってくるじゃん？」

「おまえは有名人じゃない」

「そうだけど。でも、それと似た感じ。死んだら、だんだん忘れられるんだよ」

「……まあ……僕も三年前に亡くなったお祖母ちゃんのこと、最近思い出さなくなったな……」

　ぼそ、と委員長が言う。

「ああ、それそれ。でも、たぶんそれって普通のことなんだと思う。やっぱり生きてる人は、生きてる人のこと考えるので忙しいだろうし、なら死んだ人の……」

「おまえはまだ生きてるだろ！」

　思わず怒鳴ってしまった。

　委員長は竦み上がり、浩一は「みっちゃん」と困った顔になる。

「し……死体だけど、生きてる。動いて喋って……だから生きてる。俺にはちゃんと見えるし、委員長だって見えてるよな？」

「う、うん。見えてるぞ、山田」

　浩一は顔をくしゃりとさせて笑い、「ありがとな」と言った。そして、

「まあ、テストしないですんだし、そこはよかった」

　などととぼけたことを言う。俺は脱力し、生物室の丸椅子に腰を落とした。これからどうなってしまうんだろう。浩一を見える人、見えない人……それはつまり、浩一を忘れかけている人と覚えている人なのか？　本当に？

「……なら」

俺は顔を上げ、浩一を見た。

「少なくとも、この先ずっと、俺だけは浩一が見え続けるわけだな」

「みっちゃん」

「俺は絶対に、なにがあっても、おまえを忘れないんだから」

忘れなければ見えて、見えれば浩一はそこにいる。

死体だろうとなんだろうと、いてくれる。触れる。

「僕だって山田を忘れないよ。っていうか、忘れられるか？　心臓止まってるのに登校してくるクラスメイトなんだぞ？」

委員長がそう言った時「誰の心臓が止まったって？」と声がした。

俺たちは驚き、委員長は驚きすぎて机の角に腰をぶつけたほどだ。生物室の大きな机はビクともしなかったが、委員長のほうは悶絶している。

「なんだ。C組だな。おい、委員長、大丈夫か」

現れたのは玉置で、どうやら隣の生物準備室にいたらしい。生物室とは扉一枚で繋がっているのだ。話をぜんぶ聞かれたのだろうか……俺は内心の焦りを隠したまま「先生、いらしたんですね」と平坦に言った。

「いた。生物教師だからな」

「それ、なに持ってるんですか？」

浩一が聞く。話を逸らそうとしたわけではなさそうで、本当に疑問に思ったらしい。

玉置は、中でなにかが動いているビーカーを軽く上げて「メダカ」と答える。

「メダカ。かわいいなー」

覗き込んだ浩一に「アホちゃんの餌だぞ」と返した。アホちゃんは生物室で飼われているアホロートルで、一般的にはウーパールーパーの名で知られている。

「あ。餌なんだ……食べられちゃうんだ……」

「おまえらだって魚食うだろ」

「はい……食べます……」

ちょっとしょんぼりした浩一が俺にぺたりとくっつく。それを見た玉置が「おまえたちは仲がいいね」と言った。深い意味はないのだろうけど、俺はちょっとギクリとしてしまい……小河先生の顔が思い浮かぶ。

あのあと、玉置が自分の車で病院に連れて行ったらしい。俺たち以外の生徒は事情を知らないが、さすがに校長と教頭は状況を把握している。委員長に引き続き、俺たちも今朝校長室に呼び出され、この件は伏せておいて欲しいと念を押された。

――オガちゃん好きだから、言うわけないのに。

橋本はそうむくれていて、鏡屋はなにも言わなかった。

「いた……いたたた……」

まだ呻きながら腰をさすっている委員長に、玉置は、

「医務室で湿布でも貼ってもらいな」

と言い、委員長はうめき声とともに出ていく。

「で、死体だけど生きてる、ってなんの話？」

俺を見て玉置が言った。やっぱり聞こえてたかと内心で舌打ちし、それでも「ああ、映画です」ととぼけて答える。

「ゾンビの映画。あれって、死んでるのに動くでしょう？」

「ふうん、ゾンビか」

「あんなことってありえるんでしょうか」

俺の質問に「死んだら動かないよ、少なくとも人は」と返す。

「なら、ゾンビは実は死んでなかったり？」

今度は浩一が聞く。玉置はアホちゃんにメダカをやりつつ、

「その議論をするにはまず、生死の定義を決めないとなあ」

と生物学教師らしい答を返した。

「青海なら知ってるだろ？　死なない生き物が存在すること」

俺は「はい」と答え、浩一は「ふえっ」と変な声を出した。

「不老不死ってやつ？　あれ、ほんとにあるの？」

「浩一、そういうんじゃない。たとえばバクテリアみたいな単細胞生物は、自分のクローンを作って増えるだろ？　クローンだからもとのバクテリアとまったく同じなわけ。なら、バクテリアが増え続けられる環境である限り、遺伝的に見たら死なない」

「…………ん？」

首を傾げる浩一に、玉置は「山田、授業でやったとこだぞ」とちょっと笑いながら言った。

「青海はさすがだな。そう、『生きている』という定義を『遺伝子的に同一なものとして存在し続ける』とするなら、クローンを作り続けられる限り、バクテリアは死ない。たとえばゾンビの体内は実は新種のバクテリアに乗っ取られていて、そのバクテリアが増殖することでゾンビを動かしている……という話なら、そのゾンビは生きていると言えなくもない」

「……先生……それ気持ち悪いっす……普通のゾンビのほうがまだマシ……」

「確かに。普通のゾンビか、普通に死ぬほうがよさそうだ」

普通に死ぬ——その言葉が今の俺にはどうしてもひっかかる。

玉置は餌やりを終え、屈めていた上体を起こして言った。それから改めて俺たちを見ると、

「昨日は、ありがとうな」

と声のトーンは変えないままで言う。

「礼を言うのにこっちから呼び出すのも悪いと思って……遅くなった。山田がいなかったら、最悪な事態になってたかもしれない。助かった」

ほんとに遅いよ、と俺は思ったが、浩一はまったく気にしていないようだ。「いえいえ、オガちゃんに怪我がなくてよかったです」などと返している。

「校長先生から、しばらく入院って聞きました。早く退院できるといいすよねー」

「そうだな。でも学校には戻らないと思う」

「え、そうなんすか？」

「俺たちのことがばれたからな」

今度は俺が「え」と声を出した。すると「ばれたというか」と俺たちを見た。

「校長に……俺が事情を話した。そしたらどちらかは辞めてもらうって話になって、俺が辞めるつもりでいたんだが、雅彦が自分が辞めたいと」

小河先生ではなく、雅彦。玉置先生はそう呼んだ。俺たちにもう隠すつもりはないという意思の表れだろうか。

「違う場所で、やり直したいそうだ」

「……やり直そうと思えたなら、よかったです」

俺が言うと、先生は「ああ」とだけ返す。水槽の中では、アホちゃんがメダカをうまそうに食べていた。好物らしい。

「……好奇心で聞くので、答えてくれなくてもいいんですけど」

俺の言葉に、玉置先生は「なに？」と気楽な調子で返した。相変わらず摑み所のない人だ。

「小河先生があそこまで思い詰めたのって、玉置先生が原因ですよね」

「そう」

すんなりと答が返ってくる。浩一が「みっちゃん」と俺の袖を引っ張った。そんなこと聞くのやめよう、と言いたげだ。だが、俺がさらになにか聞くより早く、

「俺が雅彦をふったからだ」

と追加の情報がくる。やっぱりそうか、と俺は思った。

「これもべつに答えなくていいですけど、なんでふったんですか？　小河先生、優しくていい人なのに」

「まさしくそれだな。優しくていい人だからだ。早くべつの相手を見つけたほうがいいと思った。俺ではなくて」

「要するに、玉置先生は小河先生に飽きた？」

「いいや。今でも雅彦を愛してるよ」

　その言葉に、俺は面食らう。ドラマとか映画とかではなく……自分の身近な大人が「愛してる」なんて言うのを初めて聞いたからだ。

「愛してるけど、一番じゃない。それでも雅彦には幸せになってほしいから、別れようと言った。……言うのが遅くなったことを後悔してる。いいわけがましく聞こえるだろうけど、傷つけるつもりはなかった」

　いつもの、軽やかで、楽しげで、そのぶんどこか浮ついた雰囲気の玉置ではなかった。真摯に話してくれているのだとわかったけれど、俺の心情はどうしても担任である小河寄りになってしまい、

「はい。いいわけがましく聞こえます」

　などと言ってしまう。

「だろうな」

「一番がいるのに、小河先生とつきあったわけでしょう」

「そうだ」

　玉置先生はちょっと長い前髪をかきあげ、きちんと俺と目を合わせる。

「俺の一番はもう亡くなってしまってる」

　俺は言葉をなくし、ただ玉置先生を見るしかなかった。先生は怒った様子も、悲しげな様子もなく、ただ淡々と事実を述べているという顔だ。

「……そのこと、小河先生は」

「知っていたよ」

「…………」

「学生の頃だったから、もう二十年近く経つのに——今でも時々、彼を捜してる自分がいて、呆(あき)れる」

やめてくれ。

そんな話はいやだ。そんなことを聞きたかったわけじゃない。

おかしいだろ。変だろ。

家族が死ぬとか、恋人が死ぬとか、大切な人が死ぬとか……そんなの、しょっちゅうあることじゃないだろ。小説とかマンガとかドラマとか、架空の世界ではよくあるんだろうけど、物語が盛り上がるから常套(じょうとう)手段なんだろうけど、でも、現実では、この世界では——。

そして、ふいに気がつく。

おかしくない。変でもない。生まれた数だけ人は死んで行くのだから、死なんてそこらじゅうにあるのだ。たとえば病院とか老人ホームとか、そういう場所で働いている人ならば、日常的にその場面に立ち会うのだろう。

歳が若いほど死に出くわす頻度が少ないだけで……だけどゼロのはずもない。

俺は母親を亡くして、玉置先生は恋人を亡くして——。

ギュッ、と手を握られた。

浩一だ。

俺は隣に立つ浩一を見上げる。心臓の動いていない、俺の一番を。

その顔は優しかった。大丈夫だよ、と言いたげに俺を見つめていた。ということは、俺はきっと不安でいっぱいな表情になってるわけだ。

「あの、先生」

浩一が視線を玉置に移して言った。

玉置は白衣のポケットに手を突っ込み、窓辺に寄りかかったまま「うん？」と浩一を見る。

「同着一位はだめですか？」

「え？　同着？」

「はい。えー、つまり……先生の一番はふたりいちゃだめなんでしょうか。亡くなったその人も、小河先生も、同じくらい好きで、両方一番っていうのはナシ？」

玉置が虚を衝かれたような顔になる。

俺も浩一を見上げて、なんだそれ、と思っていた。同着一位？　ふたりとも同じくらい好き？

「……青海。おまえの相方は、変わったことを言うな」

玉置に言われ「俺もそう思います」と頷いてしまった。

一番はひとりだから一番なのであって……たとえば浩一に「みっちゃんと同じくらい好きな子がいる」と言われたら、俺はめちゃくちゃ腹が立つと思う。呆れた気持ちで浩一を見上げると「そっかなぁ、だめかなぁ」と首を捻っていて、なんだか俺は拍子抜けしたような気分になっていた。

その日の放課後は、ふたりで再び、父親の病院へと向かった。

浩一の腿の傷が開いてしまったのだ。やはり裁縫キットの木綿糸では強度に問題があった。糸が切れてしまったら、すでに細胞再生能力を失っている浩一の皮膚は自力で閉じることはない。

「さっき見てみたらさぁ、なんか肉がもう乾いてきてるんだ。燻製化しつつあるかんじ……」

今日は会議だという香住医師を待っているあいだ、浩一がそんなふうに言った。

「おまえの燻製じゃ酒のつまみにもならない」

「みっちゃん酒なんか飲まないじゃん」

「俺は真面目な高校生だからな」

会話の中に、無理やりな冗談を入れている自覚はあった。そうでもしないと、俺はいつもの俺を保つのが難しい。浩一のことが見えないクラスメイトがいるということは、俺をかなり動揺させていた。明日はどうなるのか。明後日(あさって)は？　先のことを考えるのが怖いのに、考えずにはいられないのだ。

「……私、内科医だからうまくないですよ」

会議が終わり、再びの診察室で香住が言う。

そして太腿の傷と浩一の顔を交互に眺め、何度か瞬きをした。そして「やっぱり、夢ではない……」とひとりごとのような声を出した。

「夢じゃないですよ、先生。内科医でも俺よりは上手なはずです。ちゃんと閉じるように縫い直してやってください」

「麻酔はいらないの……よね……？」

「あっ、ハイ。見てなかったら痛くないんで！」

浩一は元気に言い、ふいっ、と顔を傷から背ける。そして俺を見て、

「みっちゃん、なんか気の紛れる話して」

などと言い出した。

急なリクエストだなと思いつつ、このあいだテレビで観た、飼い主の帰りを待ち続ける犬の話を始めたら「あっ、だめっ、そういうの泣くからだめ、別のやつで！」とリテイクを食らった。わがままめ。

内科医になると、外傷を縫うことなどほとんどないのだろう。確かに、香住の手つきはいまひとつ覚束なかった。針を入れる場所を迷うような動きも何度か見られて、しっかりしてくれよと内心で思ったほどだ。とはいえ、道具はやはり人体用、手際はともかく、出来上がりは悪くない。しっかりと縫合してもらえた。

「包帯も必要ないかな……ああ、でもサポーターとかで、一応縫ったところを保護しておいたほうがいいかも。ええと、抜糸の日程は………あ」

しなくていいのか、という顔でカレンダーから目を離す。そう、抜糸は必要ないし、糸を取ったらまた傷口が開いてしまう。

「先生、さっきの会議って、うちの父も一緒でしたか？」

「最初の三十分はいらっしゃいましたよ。でも今夜は母校の教授とお会いになるとのことで、先に出られました」

医学部の教授と料亭アンド銀座(ぎんざ)コースだろうか。

ならば今日も浩一を泊まらせようかなと思う。きりがないとは思うのだが、離れているのが不安なのだ。浩一は制服のズボンを穿きかけ、しげしげと縫い目を見つめていた。俺よりずいぶんマシだとでも思っているのだろう。

帰ったらサポーターをしような、そう言おうとしたときだった。

「香住先生、いらっしゃいますか?」

張りのある声と共に、看護師がひとり診察室に入って来る。いまだズボンが半脱ぎ状態の浩一は驚いて顔を上げ、俺と香住は凍りついた。腿の傷痕は露出したままだ。時間外の診察、内科医の縫合、包帯すらなし……この状況を看護師が不審に思わないはずはない。

「先生、ご相談したいことが……あっ、失礼しました。患者さんでしたか」

けれど、

「あ、あの、院長先生のご子息の……」

「まあ、満くんですね。こんばんは。外来師長の田代と申します。院長にはいつもお世話になっております」

けれど、その五十前後の落ち着いた看護師は——浩一を、見ない。

「こちらこそ父が……お世話になってます」

お決まりの挨拶が、少しだけ上擦ってしまった。

浩一の座っている診察台は、間違いなく看護師の視界内にある。なのに彼女は浩一ではなく、使用後の縫合針や持針器などを見て、

「あら。どこか怪我でも？　外科のドクターをお呼びしましょうか？」

そう言うのだ。

「いえ、もうその必要はないです。大丈夫。……あの、田代師長」

「はい？」

香住はしばらく言葉を選ぶ顔つきをしていたが、やがてぎこちない笑みを作って、

「その……もしかして、さっきの会議の件ですか？」

と話題を逸らした。

一瞬、聞こうとしたのだろう。ここにいる、もうひとりの高校生が見えないんですか。ズボンを穿きかけて、脚を縫合した子が……見えないんですか、と。

「そうなんです。実は提出した資料に不備があって……総師長に指摘される前に、修正をしないと。のちほど、一階の詰め所に寄っていただけますか？」

「わかりました。すぐ行けると思います」

看護師は「助かります」と微笑み、そのあとで俺を見て「失礼しますね」と声を掛けると、診察室から出て行った。

ただの一度も浩一を見ることはなく。

浩一は「はは。ビビったー」と笑い、着替えの続きを始める。香住も無言のままで俺を見る。

俺の身体の内側で、強い気持ちがぶわりと膨れあがる。

それは怒りだ。

なんで浩一を無視するんだよと、叫びたい。

ちゃんと見ろよ、認識しろよ、浩一はここにいるのに、間違いなく存在しているのに、どうして、どうして見ようとしないんだ！

あまりに腹が立って自分が抑えきれない。俺は診察デスクの脚を蹴った。思い切りだ。スチール机がガッシャンと音をたて、俺の足も痛かったけど、そんなの気にならないほどに憤っていた。身体が震えるほど怒るなんて、初めてかもしれない。

「みっちゃん」

小さく呼ばれて、浩一を見る。

浩一は、困ったように笑っていた。服を整え終わり、診察台からゆっくり立ち上がると「行こ」と言う。浩一の大きな手が俺の背中を摩り、だんだんと震えは収まってきた。そうすると今度は泣きたくなってきて、堪えるために力まなきゃならない。バカみたいだ。無視されたのは俺じゃなくて浩一なのに……バカみたいだ。

「行こ」

もう一度優しく言われ、頷いて荷物を取る。香住の顔は見ず、ただ会釈だけはした。

「満くん」

背中を向けた時に、声を掛けられた。

「……伝えるべきか迷ったけど、言っておきます」

俺は扉の前で止まる。振り返りはしなかった。

「今日の浩一くんは……私には、時々透けて見える。でもあなたが彼に話しかけると、はっきりしたり……不安定というか……」

なに、それ。

浩一、おまえ透けてるってよ……まるで幽霊だな。

そう笑い飛ばすことはできなかった。俺は返事もせず、浩一と一緒に診察室を出る。香住もそれ以上なにも言わなかった。

一階まで下りて、外来の廊下を歩きながら浩一の手をぎゅっと握った。診察受付はもう終了しているが、会計にはまだ患者たちがちらほらしている。待合には会社勤めの帰りに寄ったらしいサラリーマンやＯＬたち。マスクをしている人もいる。風邪が流行っているんだろう。

ここにいる人たちは、浩一を知らない。

ならばたぶん、浩一が見えていない。

じゃあ俺は今どう映っている？　浩一と手を繋いでる俺は？　俺のこの手の先は？　トイレに行こうとした中年男が、俺の横を通り過ぎる。もう少しで浩一にぶつかる至近距離を、なんでもない顔のままで鼻をグスグスさせながら通過していく。

「……ちくしょう」

「みっちゃん、俺、いいんだ。平気だから」

「なにがいいんだよ……ちっともよくない、こんなの」

いいんだよ、と浩一は繰り返す。

「みっちゃんに見えてればいい。それだけでいい」

優しく囁くような声だった。

浩一の顔を見上げる。いつもの穏やかな笑顔の中に、ちょっとだけ照れくさそうな色があった。

「委員長とか橋本とか、まだちゃんと見えてる人もいるじゃん。今の香住先生だって、透けてるのに傷縫ってくれてさ……怖かったのかな、手がちょっと震えてた」

「…………」

でもそれだって、時間の問題なのではないだろうか。

たとえば明日学校に行ったら……また数人は浩一が見えなくなっているのではないか。明後日になれば、また何人かが。三日後には？　一週間後には？

そうか。

死ぬっていうのは、認識されなくなること……つまり忘れられることなのか。

ひどい話じゃないか。棺桶に入れられて、焼かれて、灰になって戒名なんかついちゃって、なにもわかんなくなってるならともかく……浩一はまだこうしてここにいるっていうのに。

意気消沈したままの俺に、浩一がなにか言おうとしたとき、病院の急患入口が騒がしくなった。

風を切る勢いでストレッチャーを押し、看護師と医師が廊下を突っ切っていく。

救急車で運ばれてきたのは、お腹の大きい女性だった。しっかり、頑張るのよと看護師の声が響く。

「ああ、そっか……」

運ばれていく妊婦を見送りながら浩一は呟いた。

「病院って、人間が生まれる場所でもあるんだよな」

「産科があればな。……前は、ここもなかったんだけど」

「そうなんだ？」

表に出ると、冷たい風が吹いていた。日が暮れるといっそう気温が下がる。俺は思わず身を竦めるが、浩一はまったく平気そうだ。

「父親が何年か前に作ったんだよ。産婦人科医は減ってるから、担当医を探すの大変そうだった。……そういえば、おまえのお母さん、病院どこなの？」

「うちの近くの個人病院だよ。渚も湊もそこで生まれたって」

「おまえは？」

「俺はまた別ンとこで……うおっ」

正面玄関の近くで、浩一は誰かとぶつかりそうになった。正しくは、俺がぶつかりそうになって、そんな俺を浩一が身体で庇ったのだ。やめてくれよ、と俺はドキリとする。今はむしろ、浩一のほうがフラジャイルかもしれないのだ。

「す、すみませんっ」

謝る声は、ぶつかりそうになった中年男性だ。俺たちを避けようと足をもつれさせて、転倒してしまった。浩一が「大丈夫ですか」と手を差し伸べると、

「あ。ありがとう。ほんとすみません。い、急いでて……」

と顔を上げる。そして固まる。

座り込んだまま、浩一の顔を凝視していた。それから俺を見上げて、さらに目を見開く。口を開け、なにか言おうとして、でも声が出ない。そんな様子だった。

そして、俺もそれに近い状況だった。

こいつ――この男、だ。

「き、きみ、生きてたのか……ッ」

男がやっと言った。

浩一は「ん？　俺？」と小首を傾げる。

男は浩一の手を取らず、自分でよたよたと立ち上がり、「よかった……よかった、よかった……ッ」と涙目になっている。

「な、なんであそこから消え……俺はもう、びっくりして……」

「あ、もしかして、俺とぶつかったトラックの人ですか？」

浩一に聞かれて、男は何度も頷いた。

「ひ、貧血を起こしていたらしくて……通行人に声を掛けられて、気がついたんだ。車が歩道に突っ込んだ記憶はあるし、きみも見えたし、ガードレールもグシャッてなってるのに……だ、誰もいなくて」

そして俺を見ると、「き、きみはぜんぶ見てただろ？」と聞いた。

覚えてる。

あんたが、浩一を轢いた。

あんたが、浩一を殺した。

「そうだよ、きみが一緒にいた子だよな……？　俺、倒れた時に頭打ってて、あの時の記憶が混乱してるみたいで……」

頭を打ったせいなのか、あるいは脳があの光景を現実とすることを拒んだのか。

浩一はこの男の前で、自らの首を修正したのだ。無理やりな方法で。

「あのあと警察も来て、俺は念のため病院に運ばれて、きみたちのことも話したんだけど……でもいないじゃないかって……被害者がどこにもいないじゃないかって」

俺たちがその場をすぐに立ち去ったからだ。

あの状態の浩一を、誰にも見つからないように……とくに警察や病院には見つからないように。俺はそれを優先させた。だからあの時は、忘れることができた。無視することができた。この男への、怒りを。

「ほかの病院に搬送されたんじゃないかって調べたけど、でも交通事故の高校生はいなくて……警察も、頭を打ったときに幻覚でも見たんだろって相手にしてくれないし……でも俺は不安で、きみがどうなったか不安で……ああ、よかった……会えてよかった……」

「わわっ、おじさん、しっかり」

膝(ひざ)から崩れる男を、浩一が支えた。

なに喜んでるんだ、こいつ。

その浩一は死体だぞ。あんたが轢いた高校生は死……死ん、で……。

違う。

浩一は生きている。死体だけど生きている。だから俺はこいつを警察に突き出さなかったんだ。浩一を酷い目に遭わせたこいつを。

「で、でもきみ、どこかやっぱり怪我したんじゃないのか、だから病院に……」

「あ、えっと、俺は大丈夫です。ほんと、ほら、こんな元気で。おじさんこそ、どうして病院に？　なんか急いでたみたいだけど」

「俺は、母が………もう長く入院してて、容態が急変したって連絡が。あの時もそうだったんだ、だからついスピードを……雪で、タイヤが滑って……」

「お母さんが？　なら早く行ってください」

「あ、ああ。あの、ごめん、少し待っててくれないか、そこの会計前のとこで……ちゃんと事故のこと、改めて警察にも……」

「わかりました。ほらほら、急いで」

浩一に言われると、男は何度か振り返りながらも小走りに廊下を進む。エレベータをチラリと見てから、階段を選んだのだろう、さらに奥へと向かって行った。

「わー、びっくりした。みっちゃん、いまのうちに消えようぜ」

「……おまえ……腹、立たないの？」

歩き出そうとする浩一に、俺は聞いた。

「え？」

「おまえを轢いたやつだよ？」

「あ、うん、だよな。……待って、考える」

浩一はその場に立ったまま、身体を傾けて思案し始めた。考え込むとき、ちょっと斜めになるのが浩一の癖で、俺はいつもそれを、へんなの、と思いながら見ていた。

「…………ウン、よく考えたら、俺、怒っていいかも？」

「よく考えなくてもそうだろ」

「でもなんか、そういう気分にならない。なんでだろ」

「…………」

「みっちゃんが怒ってるからかな？　俺のぶんまで怒ってくれてるから、俺はピースフルなままでいられんのかなぁ」

「……は？」

「すげえ怖い顔してるよ？」

笑いながら言い、俺の頬をむにっと摘まんだ。俺が「やめろよ」と振り払うと、今度は背後に回って、がばりと抱きついてくる。

そして後ろから俺を押すようにして、「帰ろ帰ろ」と言う。

「……押すなよ」

「早く帰ろ。泊めてくれるんだろ？　みっちゃんちのテレビ、でっかくていいよな。

たっけ？」

映画観ようぜ。アンジェリーナ・ジョリーのやつって、まだレンタルになってなかっ

大きな身体に押されて、俺は歩き出すしかない。

「……あいつを……したら……」

殺したら、の声は掠れて消えた。

「え？」

「……さっきのおっさんの心臓が止まったら、おまえの心臓が動けばいいのに。そういう理屈なら、俺は」

どんな手を使っても、そうするのに。

おまえが止めても、怒っても、そうする。そうせずにはいられないと思う。

「もー、怖いこと言うなよ、みっちゃん」

浩一の膝にぐいぐい押されて、俺は進むしかない。はたから見たら、病院の前でふざけている馬鹿な高校生ふたりだ。誰かに見とがめられるかと思ったのに、そうはならない。それどころか、

「きみ、大丈夫？　具合悪いの？」

俺に向かって心配そうに声を掛ける人までいた。制服……病院の守衛さんだ。そして俺は気がつく。この人には浩一が見えていない。

目に映るのは、ふらふら歩く俺だけなのだ。

かろうじて、大丈夫です、と返した。

浩一を振り払って、俺はひとりで歩いた。早足で進み、駐車場の暗がりに入ったところで、たぶん俺の中のなにかが限界値を超えた。

自分でも、薄々気がついてはいた。

そろそろ無理なんじゃないかって。大丈夫なふり。平気なふり。淡々と対処できるふり。不安を抑制できているふり。

俺が動揺すると、浩一がもっと動揺するから。

俺が不安そうだと、浩一はもっと不安だろうから。

そして俺がそういうふうに考えていることを、浩一もとっくに、いや最初からわかってて、でも気がつかないふりをして。

喉奥から嗚咽が零れ出る。

堪えられず、涙が流れ出した。浩一はすぐに追いついて、今度は正面から、俺をぎゅっと抱き締めた。

みっともなくあがるうめき声を、なかなか抑えることができない。

泣くのは苦手で、難しい。我ながらひどく下手くそだと思った。息継ぎのタイミングがうまくいかなくて、時々ヒーッと掠れた音が零れる。

通りかかる人がギョッとするのがわかった。ここが病院の駐車場じゃなかったら、通報されかねない。

「ごめんな」

浩一は俺の背中を優しく撫でながら言った。

「ごめんな、みっちゃん」

なんでおまえが謝るんだバカ……そう思いながら、あの夏を思い出した。

ふたりだけのキャンプ。

土砂降りの夜。

カップ麺の味。

あの時も浩一は謝ってばかりいて、俺はそれに怒って、そして……。

二月の夜風は涙の跡をたちまち冷やす。凍りそうな俺の頬に、浩一の頬がぺたりと触れて温もりをわけてくれた。

　頭がガンガンする。

　駐車場でいつまでも泣いていたせいか、あるいは心身共に疲れ果てていたのか――風邪気味だった俺は、本格的な風邪になった。

　浩一とともに家に帰り着いた頃には、すでに悪寒が背中一面にのさばり、やたらと寒いのに首から上だけはカッカしてるという、お馴染み（なじ）みのパターンだ。

「うわッ、みっちゃん、熱が三十八度四分……ど、どうしよう、救急車呼んだほうがいいかな……」

　浩一が大袈裟（おおげさ）な声を出し、体温計を何度も見直す。

「バカ……これくらいで呼ぶな……俺は熱が上がりやすいんだよ……」

「苦しい？　俺、なにしたらいいんだ？　えっと、氷とか薬とか」

「いいから、まず落ち着け。椅子持ってきて、座れ」

　そんな不安げな顔でうろつかれたら、おちおち寝てることもできない。

　俺の指示に素直に従い、浩一は机の前から椅子を引きずってきて腰掛けた。なんでも言いつけてください！　という顔でベッドの俺を見る。健気（けなげ）な犬みたい。

「部屋の隅に加湿器があるだろ？」

「うん。あれだな」

「中のカートリッジに水を入れてスイッチを入れて。加湿設定は高めで。それから、一階の冷凍庫にアイスノンがあるから、タオルと一緒に持ってきてくれ。タオルはわかるよな？」

「洗面所の棚から持ってくればいいのか？」

「そう。それから、ペットボトルのスポーツ飲料……冷えてないの。キッチンの隅の段ボール箱にあるから」

「わかった。あとは？」

あとは……いつもの解熱薬はもう用意してあるし、パジャマの替えは部屋にあるし、今はなにも食べる気にはならないし……。

「……に、……てくれ」

「えっ？　なに？」

こういう台詞をリピートさせないでほしいんだけどな。

「そばに、いろ」

ほら、命令形になっちゃったじゃないか。しかもいつにもましてぶっきらぼうな言い方だったと自分でも思う。なのに浩一は、

「あたりまえだろ」

と全力で頷いた。首の骨だってやばいのに、そんなに強く動かしたら、頭が落ちそうで怖いじゃないか……。俺は呆れながら目を閉じる。

浩一がいてくれるという安心感のせいか、身体が一気に休息モードに入っていくのがわかる。スイッチが入れ替わったように全身が重怠くなり、節々が軋みだす。咳がひどくなり、胸がちょっと痛い。熱はまだ上がりそうだった。

浩一は、俺に指示された仕事をこなすべく立ち上がった。大きな身体が、なるべく静かに動こうとしているのがわかる。その気配を追いながら、俺はやがて眠り込んでしまったらしい。

ふと目が覚めると、浩一は、薄闇の中でまだ椅子に座ってこっちを見ていた。俺と目が合うと心配げに「水飲む？」と尋ねる。

頷いて、熱を持った喉を潤す。

「……何時？」

「午前一時。さっき下で物音がした。お父さん戻ったみたいだ」

「そうか……おまえ、寝ないの？」

「眠くないから」

死体って、眠くならないのかな。そのわりには教室でグーグー寝てたよなこいつ。そんなことを思いだしてちょっと笑った。すると浩一も微笑む。俺がどうして笑ったかなんて関係なく、ただ俺が笑っただけで嬉しいみたいだ。

浩一は汗でべたついた俺の額に触れながら「ずっとここにいるから」と囁く。

ずっと。

本当に、ずっとだな？

嘘じゃないな？

「嘘じゃないよ」

独白のつもりだったのに、声に出していたのだろうか。浩一が返事をくれた。熱でぼうっとしているからか、そんなに恥ずかしくはなかった。むしろ嬉しかった。ずっと。ずっと、そばにいてくれる。

「ずっとみっちゃんのそばにいるよ。……いつまでもずっと」

うん。ありがとう、浩一。

……礼の言葉をちゃんと口に出せたかどうかは覚えていない。額に当てられた浩一の手が冷たくて、心地よくて、俺は再び眠り込んでしまった。翌朝になるまで何度か寝苦しさに目を覚ましたが、いつも浩一は起きていて、俺をじっと見つめていた。そのたびに安心して、俺はまた瞼(まぶた)を閉じた。

朝になると、浩一は部屋にいなかった。

階下から物音が聞こえる。俺が降りてみると、キッチンに父親の姿があった。浩一はどこに行ったんだろう。

「……熱か？」

俺の顔を見るなりそう聞くあたり、やはり医者である。

「そう。昨日の夜で八度四分。アセトアミノフェン飲んで、さっきは七度六分」

「まだ下がりきってないな。……ちょっと胸の音を聞こう」

聴診器を取り出し、俺の薄っぺらな胸に当てる。

「……外科医にわかんの?」

「明らかな異音がしたらわかるさ。……大丈夫そうだ。おまえは呼吸器があまり強くないからな」

そう、たぶん遺伝だろう。

母親も呼吸器系の病気で亡くなったのだ。

「今日は休みなさい」

「そのつもり。……バナナ取って」

俺がダイニングテーブルに座って言うと、父は近くにあった果物籠(かご)からバナナを取ってくれて、さらに冷蔵庫からヨーグルトを出し、スプーンと一緒に俺の前に置く。

「食べられたらでいい」

「うん」

「自己管理しろよ。医者の不養生とはよく言うが、医者の家族も病気を見過ごしがちなものだ」

自分のコーヒーを飲みながら、父親は言った。もうネクタイを締めたスーツ姿で、ひげもきれいに剃ってある。昨日の深夜に帰ったなら数時間しか寝ていないだろうに、タフな人だ。

「院長先生、一発で風邪が治るクスリください」

「それが見つかったらノーベル賞だ。……満、昨晩、誰か来てたか？」

父親に聞かれて「浩一がいたよ」と答えた。

「具合悪くなったから、送ってきてくれた」

浩一に関してなにか言われるのかなと思ったが「そうか」と返されただけだった。

やがて父親は書類鞄を抱え、

「今日は早めに帰る。容態が急……つらくなったら、すぐに電話しなさい」

と言ってまた出かけていく。わかりました。容態が急変したら、電話します。

父親がいなくなると、浩一がひょいと出てくる。そして、

「みっちゃんのお父さん、カッコイイよな～」

などと言い、バナナを食べる俺の前に座って微笑んだ。

その日は、浩一も学校を休んだ。

俺の熱は三十七度台の後半をうろうろしていて、倦怠感がなかなか取れない。ずっとベッドの中にいて、不思議なほどにいくらでも眠れた。

浩一はまさしくつきっきりで、トイレに行くとき以外はずっとそばにいる。時々、思いだしたようにそっとキスをしてくる。瞼だったり、頬だったり、唇だったり、いろいろだ。うつらうつらしている時は気がついていたが、死体に風邪はうつらないだろうから、俺は黙って甘受していた。

まどろみの中で受ける優しいキスには、性的な感じがまったくなかった。母親が、あるいは父親が、赤ん坊にするキスは、こんな感じなんじゃないだろうか。俺も赤ん坊の頃はされたんだろうか。

あの仕事一辺倒の父に？　病床ですら厳しかった母に？

俺は眠り続け、それでも熱は下がりきらない。

子供の頃から時々あったことなので、自分ではべつになんとも思わなかった。浩一は心配していたが、さすがに二晩続けて看病させるわけにもいかない。

「浩一、今夜は家に帰れ」

「でも」

「もう高熱ってほどじゃないし、父さんも早く帰ってくるから大丈夫だって。ほらほら、帰れ。弟か妹、生まれちゃうかもしれないぞ」

「まだ早いよ」

「だとしても、帰れ」

俺が強めに言うと、ようやく渋々とうちを出た。浩一が帰ってしまってから、離れるのは久しぶりだなと気がつく。

父は約束どおり、いつもよりは早く帰って来た。

体温は七度二分まで下がっていて、食欲も出てきて、たまごうどんは完食した。だがまだ咳が残っている。念のため、もう一日休みなさいと言い渡された。明日は体育の授業があるのを思い出す。走り回るのは無茶だし、かといってこんな寒い時期に体育館の隅に蹲って見学はもっといやだ。父親に従うことにしよう。

その夜は奇妙な夢を見た。本当に、変な夢だ。

うちのダイニングテーブルで、家族で食事をしている。俺と父親が並んで座り、その向かいには死んだ母親と浩一がいる。なんと全員正装だ。男性陣は燕尾服。母親はカクテルドレス。着飾った姿はとても綺麗だった。

テーブルの上には豪華な料理が並んでいる。ローストビーフみたいな肉だとか、華やかなカナッペ、ホールケーキ、飾り切りされた果物……。なのに、母親と浩一の前の皿には、なぜか脱脂綿が山のように盛られているのだ。

（そんなの、食べられないだろう？）

俺は聞いた。

夢の中、なぜか声は出なかった。だが声が出てなくても、会話はできる。

(浩一、そんなんじゃ腹の足しになんないよな？　ほら、俺の半分やるからさ)

ほどよく焼けた肉を浩一にわけようとして、父親に止められる。なんでだよ、と抗議する俺に向かって父親は言う。

(それはおまえが食べなさい)

(まだたくさんあるじゃないか)

(だめだ。死んでいる動物の肉は、生きている動物だけが食べていいんだ)

(父さん、そんな言い方されたら食欲がなくなるよ。そりゃ確かに、これは死んだ牛の肉だろうけどさ。医者ってのはデリカシーに欠けるよなあ)

俺が文句を言いながらローストビーフにナイフを入れると、その肉が「モー」と鳴いた。夢の中の俺は、ちっとも気にしないでもぐもぐ食べる。一方で、浩一と母親は脱脂綿を食べ始めた。ふたりともニコニコと美味しそうに食べている。そうか、もしかしたらあれは綿菓子なのかもしれない……俺はそんなふうに思う。

ふわふわと甘い、縁日のお菓子。

ほんの小さい頃、母親はそれを雲とお砂糖からできている、と教えてくれた。母親にしては珍しく夢のある表現だった。だからなのか、妙にはっきり覚えているのだ。

その綿菓子を、俺も欲しくなった。

少しくれよ、と浩一に言うと、困ったように首を傾げる。

（いいだろ、そんなにたくさんあるんだから）

俺は意地汚く、許可を得ないまま手を伸ばした。すると浩一と母親がスッと離れる。ダイニングテーブルが三十センチばかり、みにょーんと伸びたのだ。

驚いて椅子から立ち上がり、さらに腕を伸ばす。だが、またテーブルが伸びてふたりは遠ざかってしまう。まるでゴムのテーブルだ。

変だよ、と訴えようと隣を見ると、父親は一心不乱に、また別の肉料理を刻んでいる。ポークソテーらしく「プギィ、プギィ」とブタの声がした。子豚のように聞こえて、俺の胸が痛む。

いつしか、浩一と母親はかなり遠くに行ってしまっている。

テーブルは何十メートル伸びたのだろうか。遠目だが、まだ綿菓子をぱくぱくと食べているのはわかった。食べても食べても、ふたりの皿からは綿菓子はなくならない。もくもくと湧いて出るのだ。

やがてふたりは椅子を引いて立ち上がった。

母親が空を見上げて、雲の隙間を指さした。そこから光が漏れている。

いつのまにか、俺たちはだだっ広い草原にいた。ダイニングセットは丈の長い草の中にあって、風が吹くと、柔らかい若草は波みたいに揺れるのだ。

バサッ、と音がした。

浩一の背中に羽が生えていた。母親もだ。白い白い、天使の羽。そしてふたりはゆっくりと上昇していく。俺は遠くでそれを眺めるしかない。

ああ、そうだよな、と思った。

死んでいるんだもの、ふたりは。地上にいるほうがおかしいんだ。

(満、肉を食べなさい)

父親はカトラリーをカチャカチャさせながら言う。

(生きているのだから、食べなさい)

俺は返事をしないまま、空を見上げている。

母親はもう相当高い。浩一はかろうじて表情がわかる。いつもの穏やかな顔をしている。雲の隙間から射す光が、ふたりのために道をつくっている。宗教画みたいにきれいな眺めだけど、俺はたまらなく悲しかった。俺も綿菓子を食べて、浩一と一緒に行きたかった。肉なんか食いたくなかった。

浩一が俺を見つけて、笑った。手を振ってみせた。

……嘘つき。ずっとそばにいるって言ったくせに。

頰でなにか滑った感覚がして、目が醒めた。

涙だ。泣いて起きるなんて初めてでびっくりした。一昨日以来、俺の涙腺はずいぶん脆くなっているらしい。ぼろぼろ流れる涙を、慌てて手のひらで拭う。

洟を啜りながら、顔を洗わなくちゃと一階に下りる。身体は昨日よりは軽い感じがして、熱が下がっているのだとわかった。

……なんだってあんな夢を見たのだろう。

きっと浩一と少し離れていたせいだ。ここ数日、ずっとそばにいたから……浩一が死体になったのが月曜の朝で……今日が、ええと金曜日？

まだそんなものなのかと驚く。すごく長い時間が経っているような気がしていた。

さすがにもう眠る気にはならなくて、テレビを見ながらだらだら過ごす。日中は家政婦さんが来てくれた。汗を吸ったシーツも替えてくれて、おいしい雑炊を作ってくれる。家政婦さんは三時過ぎに帰り、そろそろ学校が終わる頃だよなと考えていた時、玄関のインターホンが鳴る。

浩一だ。やっと浩一に会える。

俺はパジャマの上にモコモコしたカーディガンという姿のまま、玄関に急いだ。

「うん。いい家」

鏡屋寿美子は、リビングのソファに落ち着くとそう言った。

「でかいけど、もう古いんだ」

「いい家だよ。清浄に保たれてる。お父さん、職業柄いろいろ連れて帰ってきちゃう場合も多いだろうけど……これなら、悪いのはいたたまれなくて逃げていく」

ああ、そっちの意味でいい家なのか。父親はなにか連れてきちゃってるのだろうか。俺はこれといって感じないし、当人にしても筋金入りの現実主義者で、開腹手術の直後にレバ刺しを食べられる男だ。もっともそうでなければ外科医など務まらない。

「紅茶でいい？」

「お気遣いなく。ミルクもください」

鏡屋の返事に俺はちょっと笑い、リーフティーの缶を出す。浩一かと思った来客は鏡屋で、見舞に来てくれたらしい。

リビングに落ち着く前、家の中を見せてほしいと言われて、ざっと案内した。時々なにもない階段の隅をじいっと見て「無害」などと呟いていたけど、聞かなかったことにする。

ちょこんとソファに腰掛けている鏡屋に、お望みのミルクティーを出した。俺はさすがに部屋着に着替え、まだ少し咳が出るのでマスクをつけている。

「それ、なに？」

　ローテーブルの上に、なにやら白い紙きれが出ている。人間のカタチに切り抜かれていて、どうやら鏡屋が持ってきたらしい。

「ヒトガタ。贖物として使おうと思ったんだけど、いらなかったみたい」

「アガモノ？」

「邪鬼や穢れをこの紙に移して、身代わりになってもらうの」

「え。俺、穢れてるのか？」

　鏡屋はティーカップを両手で持ち、フゥフゥと吹きながら答えた。

「ううん。青海くんじゃなくて、この家に悪いものがいた時の用心に。方角とか土地の由来によって、家になにか憑いてるケースは時々あるから。憑いていても平気な人も結構多くて、その場合はそのままでもいいんだけど……いずれにしても、このお家はいたって清浄でした」

「清浄っていうけどさ。俺、この家で母親の幽霊をよく見たぞ？　かなり子供の頃だったし……まあ、夢だったんだろうけど」

「どうだろうね。死者が自分の家を恋しがるのは、普通のことだし。それに、お母さんはべつに悪い霊じゃないでしょ。……でも、今はもういない」

　くるりとあたりを見回して鏡屋が言う。

「いないか？」

「うん。もう還られたんだ」

「どこに」

「森羅万象」

漢字テストでしかお目にかからない言葉を出されて、俺は返事のしようもない。

浩一のような存在を目の当たりにしていなければ、鏡屋とこうしてオカルトチックな話をすることもなかっただろう。俺の現実主義は父親譲りだし、神社仏閣にも教会にも興味はなくて、むしろちょっと胡散臭いと思っていたほどだ。

でも今は、人間の常識や理解を超えたものの存在を否定できない。

死体が微笑んで、「みっちゃん」と語りかけてきて、キスもできるわけだから、否定しようがない。それが神様なのか仏様なのかその他の奇跡なのかはわからないけれど、とにかく説明のつかないなにかによって、浩一は存在している。

「鏡屋は子供の頃から……その、色々、視えたのか？」

「むしろ小さい頃のほうが視えたね。今は昔の半分も視えない」

「そういうのって、生活してて大変じゃないの？」

「みんなに視えないものが視えても、そのこと自体で困りはしない。ただ、私になにか視えてることがわかると、騒ぎ立てる人がいて、それに困ったことはある」

「なるほど……ちょっとだけ、わかる気がする。大変そうだ」

さんざんフーフーしていた鏡屋がやっとひとくちミルクティーを飲んで「あち」と顔をしかめた。猫舌らしい。

「大変なのは青海くんでしょ。熱はもう下がった？」

「今朝からほぼ平熱。喉が弱いから、咳だけ残っちゃって」

向かい合った状態で視線が交わると、その瞳に吸い込まれそうになる。

特別な美人ではない。橋本のほうが顔の造作としては整っていると思う。だが鏡屋は目力が半端ないのだ。普通の日本人より、さらに深く濃い……古典的に言えば射干玉の色。黒目が大きいのも特徴的で、凝視されるとこっちが動けなくなりそうだ。そんな目でじっと俺を見ながら、鏡屋は言った。

「山田くん、今日早退したよ」

え、と俺は驚いた。

「二時間めの途中で帰っちゃった」

「なんで？」

「青海くんには、理由がわかるでしょう？」

わからないよ、と答えられたらよかったのに。

俺はどさりとクッションに身体を預けて「……もう、だいぶ、か？」と聞いた。

鏡屋は静かに頷き、

「クラスのほとんどは山田くんを認識していない」

そう教えてくれる。なんだよそれ……早すぎる。だって、ほんの数日前までは、見えてるやつのほうが多かったのに？

「山田くんが教室を出ていったとき、彼を見たのはせいぜい五、六人かな」

五、六人？　たったの？

「うそ、だろ……？」

「ショックなのはわかる。でもね青海くん、これは仕方のないことなんだ。死者がまだこの世に留まっていること自体、かなり無理がある。それがちゃんと見えるのは、もっと無理がある」

「だって、浩一は実体があるんだぞ？　触れるし、そこにいるんだから、見えないほうがおかしいじゃないか」

それは違う、と鏡屋は静かに言う。

「在るもの、居るものがすべて見えるわけじゃない。むしろ人間の視覚で認識できる存在のほうが少ない。普段の私たちはそれを忘れているだけ」

「でも見える。俺にははっきり浩一が見える」

見えるし、感じられるし、触れられるし……キスだってできる。

俺に見えて、どうしてみんなに見えないんだ？　俺のほかにも浩一と親しかったやつはたくさんいるじゃないか。クラスの中にバスケ部だけで何人いる？　あいつら、毎日浩一と練習してたんだろ？　合宿とかも、あっただろ？

それなのに、見えなくなるなんて……。

「そんなの、あんまり、薄情じゃないか」

ほとんどが浩一を見ない教室で、存在を無視された教室で――。

空席だと思われてる机に座り、浩一はいったいなにを思っただろう？

行かせるんじゃなかった。

こんなことなら、学校になんか、行かせるんじゃなかった。

「……自分のことのように、悲しむんだね」

鏡屋がぽつりと言った。そして、テーブルにあるヒトガタの紙にフッと息を吹きかける。手のひらくらいの大きさのそれが、ローテーブルの上にひらりと立った。まるで生きているような動きに俺は驚いたのだが……ヒトガタはすぐにへなり、と倒れてしまう。力尽きたかのように。

あたりまえだ。これは生きていない――紙なのだから。

「最初、山田くんがあんまり生き生きした死体だったから、私は青海くんが食われているのかと思ったんだよ」

「俺が……食われてる……？」

「そう。鬼に生気を吸い取られる話は古今東西あるし、山田くんはどこからエネルギーを摂取しているのかわからなかったし」

「浩一はそんなことしていない」

「もちろん、悪意なく、無意識にしてるんじゃないかな、と。でも結局は違った。山田くんが死体になってまで生きているのは——青海くんがそれを強く望んでいるからなんだと思う」

「……俺が？」

　鏡屋は頷き、冷めてきた紅茶をひとくち飲んでから、続けた。

「考えてみたの。もし自分が青海くんの立場だったらって。その場合、山田くんに該当するのは橋本郁美……いくちゃん、だね。唯一無二の、私の親友。そのいくちゃんが目の前でトラックにはねられて心臓が止まったら、私の脳と心はきっと否定する。いくちゃんは死なない、絶対に死なない、生きているって、全力で否定する」

　そうしたんだろうか、俺は。

「自分でも想像できないほどの力で——生きててほしいと、そうでなければ耐えられないと」

　そんなこと、考えたんだろうか、あの時。

「青海くんは、山田くんの死を認めることができなかった。認めなかったわけじゃなくて、できなかったんだ。感情が理性をねじ伏せたっていうか……無意識下の願望がねじ伏せたのかな……山田くんが立ち上がって、いつものように喋(しゃべ)って、いつものように一緒に登校することを……」

浩一。

今、どこにいるんだろう。

早く帰ってこい。早くここに、帰ってこい。

俺はちゃんと見えるから。おまえのこと、ちゃんと見えるんだから。

「昨日となにひとつ変わらない日々を……望んだんだね」

鏡屋の言ってることはあたっているのかもしれない。

俺にとって、死体の浩一が動くことも喋ることも、本当はたいした事件じゃなかった。浩一の存在が完全に喪失してしまうことに比べたら、それくらいの奇異、なんでもなかった。ずっとましなことだった。

「青海くんに強く願われて、山田くんは死体なのに立ち上がった。それは山田くんも、青海くんと離れたくないという気持ちがとても強かったからだと思う。だからこそ、このありえない事態は生まれた。……でも、山田くんは青海くんがいないところだと、実体を保つのが難しいみたい」

「俺がいないと……だめってことか……？」

「こんなのは私も初めてだから、あくまでたぶん、なんだけどね」

「鏡屋。この話、浩一も知ってる？」

「うん。今日、山田くんに聞かれた。『みっちゃんは俺がそばにいるから、具合が悪くなったのかな』って」

俺は鬼だから、みっちゃんを食ってるのかな……そう気にしていたそうだ。

「だから私は謝って、それは勘違いだったって答えたよ」

そう聞いて安堵する。浩一のやつ、そんなふうに思ってたのか。

「思うに、山田くんの使っているエネルギーは……青海くんから発せられるエモーションなんじゃないかな。青海くんの生気を吸い取るとかじゃなくて、青海くんが自ら渡しているものを受け取る……みたいな。それによって身体を維持し、動いたり喋ったりしている」

エモーション？　感情？

つまり、平たく言うと、俺が、浩一を……好きだから？

「そう考えると、クラスのほとんどが山田くんを認識しないことにも理由がつくんだよね。そばに青海くんがいないと、山田くんの像はぼやけちゃう。私の目ですら、輪郭が曖昧になってる。委員長も半分透けて見える時がある、って言ってたし」

「委員長には、まだ見えてるんだよな？」

「うん。見えてる。いくちゃんにも」

そのことに少し、ほっとした。

少なくとも彼らは、学校で浩一に「おはよう」と言ってくれただろう。

「じゃあ……こういうことか？　俺が浩一の存在を願って、そばにいる限り、あいつは今のままでいられる……？」

俺さえ浩一を忘れなければ。

俺さえ浩一を、しっかりと見つめ続けていれば……。

ほんのり見えた光明を、鏡屋は「それは無理だと思う」と斬り捨てる。

「どうして。今の話でいくと……」

「山田くんが腐ってないのが奇跡みたいなもんだよ。死んだ時点のボディを維持するってことは、その空間だけ時を止めてるということ」

時を止めている……香住医師の言葉と同じだ。

「そんな神業に、どれだけ膨大なエネルギーが必要なのか想像もつかない。残念だけど、限界は遠くないはず。思念だけならまだしも……」

「思念だけなら残るのか？」

俺は前のめりになって聞いた。

「思念って、つまり心とか、意識とか、そういうことだろ？　身体はなくても、それだけなら、浩一はずっと俺のそばにいられるのか？」

鏡屋が少し目を伏せた。

なにしろ女青海と呼ばれるほどで、ほとんど表情が変わらないわけだが……ためらいが感じ取れた。言いにくい答えなんだろうか。

「鏡屋」

促すと「不可能ではないけど」と言い、視線を上げた。

「閉鎖系に籠もることになる」

「閉鎖系……？」

「この世が生と死の混沌から創られているにしろ——私たちの生活レベルでは、生と死ははっきりと分け隔てられている。それを無視するということは、生きた人々のいる社会と縁を切って、閉鎖した場所に死者と閉じ籠もることになる」

「閉じ籠もる……」

「青海くんには山田くんが感じられるかもしれない。でも、周囲の人からは、青海くんは正常には見えない」

「…………」

「完全に心を病んだ人にしか見えない」

一瞬——それでもいいかもと思った。

すべてを捨てて、浩一だけを選択する人生。病院の閉鎖棟に閉じこめられたとしても、そこには浩一がいる。一緒にいる。

それって、幸せといえるんじゃないのか？

「ただし、山田くんも同じことを望んでなくちゃ成立しない」

「……それじゃ……だめだろ」

口を歪めて、俺は言った。

苦笑いしたつもりだったけれど、失敗だったかもな。だって……そんなの、ない。そんな条件はずるい。あの優しい浩一が、俺を大好きな浩一が、俺にカニウィンナーをくれた浩一が、そんなことを望むものか。俺が泣いて頼んだって、あいつはだめだと言うんだろう。みっちゃん、それは違うよ、俺はちっとも幸せではないよと。

「浩一がいなくなるのは……いやなんだ」

マスクの下で、声がくぐもる。鏡屋は小さく「うん」と言った。

「浩一がいない世界なんて、耐えられない」

「うん」

「あいつが好きなんだ」

「うん……知ってる。山田くんが青海くんを好きなのも知ってる」

そうだろうな。橋本ならともかく、鏡屋が勘づいていないはずはない。ずっと隠してきたくせに、鏡屋に知られているとわかって嬉しかった。

俺がこんなに浩一を好きなんだと、誰かに知っていてほしかったんだ。

「浩一を失うのはつらい。耐えられない」

「……耐えられるよ」

「無理だ」

「みんなそう思う。でもほとんどの人は耐えられる。たぶん自分のためじゃなくて……いなくなった人のために、乗り越える」

「……どうやって？」

俺は鏡屋を見て聞いた。右目からスゥと涙が流れて、不織布のマスクに染みこんでいく。鏡屋の眉間に皺が入り、その顔が珍しくくっきりと表情を刻んだ。悲しみと同情と……あとはなんだろう、なにかを思い出すかのような顔で、

「ごめんね。わからない」

そんなふうに返した。

5

電話が鳴る。

時計は八時を回っていた。鏡屋はとうに帰り、浩一はまだ現れない。

今鳴っているのが浩一からの電話だとわかる。はっきりわかる。発信元を表示する電話じゃない。医療機器以外のマシンに興味を示さない父親のおかげで、うちの電話はずっと古い型のままだ。それでも、わかる。

俺は受話器を上げた。

「……もしもし」

『………』

無言の後ろには、かすかなざわめきと複数の人の気配。繋がった瞬間、独特のヴーという音がした。公衆電話らしい。携帯は……ああ、バッテリーが切れている頃だと気がつく。

「浩一。どこにいるんだ」

『……なんでわかるの、みっちゃん』

「どうしてこないんだよ。俺ずっと待ってたのに」

『具合……熱は、どう？』

「もう下がった」

『よかった。それが、心配で……ごめん』

「今どこ」

俺は繰り返して聞いた。浩一は答えない。ただ、俺の息づかいを……生きている証拠を聞くためだけのように受話器に耳を当てている。見えなくてもわかる。

なんでだろうな。わかるんだよ。

おまえについてはとても敏感になるんだ。いつもは機能していないアンテナがピンと立って、いろんなことを察知する。たとえば今、おまえがとても凹んでるってことも、手に取るようにわかる。

浩一の背後から、誰かの声が聞こえた。サワダ先生、アンビ到着しました、第二分娩室準備できてます……ああ、病院だ。このあたりで救急指定されている病院ってことは、たぶん父親の病院。

「なんでそんなとこにいんだよ。今から行く。動くなよ」

『だめだよみっちゃん、風邪なのに。俺……』

ぜんぶ聞く前に受話器を置いた。

上着を摑んで通りに出て、タクシーに乗るまで十五分はかからなかったと思う。俺は少し怒っていた。ほっとかれてさみしかったし、それ以上に、今日学校で浩一が受けたであろうショックを考えると胸が痛んだ。

病院なんかで、なにしてるんだ。

知り合いもいなくて、誰からも見えないまま……あいつはなにをしているんだ。

正面玄関に着く。総合受付の付近にはいない。内科、外科——いない。アナウンスはなんて言ってた？　分娩室……なら当然、産婦人科だ。

俺は階段を駆け上がる。

浩一は二階産婦人科の待合で、ぽつりと長椅子に座っていた。俺の姿にすぐ気づき「みっちゃん」と困ったような顔で立ち上がる。

「どうしたよ。妊娠でもしたのか」

「……よかった。冗談言えるくらい元気になったんだね」

浩一は笑ったけれど、いつもより元気がない。俺は浩一の隣に座る。待合の長椅子で、俺たちのあいだに少し隙間があったけれど詰めてくることもない。いつもなら、身体がくっつくほどそばに来るのに。

外来はとっくに終わっているのであたりは暗い。

少し離れたナースステーションは明るく、何人かの看護師が忙しく働いている。分娩予定の入院患者は常にいるので、産婦人科は夜勤の人数も多いのだ。

どこからか、ほにゃほにゃと新生児の泣き声が聞こえてくる。

「なんかさ。ここ、居心地がいいんだ」

浩一はその泣き声に目を細めた。

「前にみっちゃんと来た時に気がついた。俺、あの事故以来、やっぱ身体に違和感あって……けど、赤ちゃんの近くにいるとラクなんだよ。もしかして赤ちゃんの生気とか取っちゃってるんじゃないかってビビったけど、鏡屋が、俺はそういうことはできないって教えてくれて」

「そんなこと、おまえにできるわけないだろ」

だよな、と浩一が笑う。

「俺が奪うんじゃなくて、相手がくれるんだって。一番くれるのがみっちゃん」

「……ふうん」

「生まれたばっかの赤ちゃんって、生命力が噴き出してる感じなんだ。こう、ぶわーって。それが俺に元気をくれるみたい」

「ならもうじき、たくさんくれる弟か妹が生まれるじゃん」

「うん。会いたいな。間に合うといいんだけど」

俺は浩一を睨んだ。

「間に合う、ってなんだ。どういう意味だよ」

「みっちゃん、怒んないで」

「おまえ言っただろ。ずっとそばにいるって」

「しー」

浩一が人さし指を唇の前に立てる。ナースステーションからひとりの若い看護師がこっちに向かって歩いてきた。俺を見ると「あれ、さっきの方のご家族かな」と聞く。さっきの方が誰なのかわからないけど、俺は「あ、はい」と頷いておいた。

「妊婦さんはだいぶ安定したから大丈夫。いま頑張ってるからね」

「はい」

「ここ暗いでしょ。分娩室の近くで待っててもいいのよ？」

浩一には一切視線をやらず、俺だけを見て看護師は言う。

「ここで……大丈夫です」

俺が答えると、軽く頷いて去って行った。浩一は微笑んだままその姿を見送って、

「見えないのも、たまに便利なんだぜ？」

などと言い出す。

「どこにいても気にされないし、ほんとは入っちゃいけないとこでも、怒られない」

「………」

「でも俺と喋ってると、みっちゃんずっと独りごと言ってる人に見えちゃうから、気をつけないとな」

「………」

「たぶんあと二、三日で、委員長や橋本も見えなくなるんじゃないかなあ……。あ、でもさ、完全に忘れてるって感じでもないんだよ。今日も俺の机のとこにきたバスケ部のやつが、『もー、浩一いつまで休んでんだよー』って。なんか俺、たまにフッと思い出されて、そうすると休みってことになってるみたい」

なんでもないことのように報告されて、俺は泣きたくなる。でもそんな顔を浩一に見せたくないから、下を向くしかなかった。

「みっちゃん」

やっと浩一が俺にくっつく。

温かい。すごく。産婦人科にいるから？　新生児パワーをもらって、体温を上げてるのか？　俺は顔を上げて、浩一にキスした。唇をむにっと押し当てるだけの無愛想なキスだったけれど、浩一は嬉しそうにして、

「な？　見えないのもたまに便利」

と今度は自分から口づけてくる。俺がそれに応じようとした時、

「にーちゃんッ！」

その声に浩一がビクリとした。ものすごい勢いで突進してきたのは湊だ。その身体を受け止めた浩一が「えっ？　えっ？」と戸惑っている。

「湊、おま、なんでここに……」

「にいちゃん、さきにきてたの？　もお、いないから、おとうさんおこってたよっ」

興奮気味に言い、それから「あっ、みっちゃんもいる！」と俺を見つけた。どうやら、キスは見られていなかったようだ。

「あっ、お兄ちゃん！」

「浩一？　なんだおまえ、どうしてここがわかった？　あっ、みっちゃん、そうか、ここはみっちゃんのお父さんの病院か……！」

渚と浩一のお父さんもきて、なにか勝手に納得したらしいが、俺たちはまったく状況が掴めない。

「ねえねえ、生まれたっ？」

階段を駆け上がってきたのだろう、頬が真っ赤な渚の言葉を聞いて、俺はやっと「あ」と察した。だが浩一のほうは顔にたくさんの？マークをつけたままだ。

「え、だって、予定日まだ……それにお母さんの病院はここじゃな……」

「いま分娩室です！」

浩一の言葉を遮り、俺は叫ぶ。

「そ、そうか。分娩室はどこかな」

「第二分娩室で、あの、看護師さん！　さっき搬送された山田さんのご家族が揃ったんですけど！」

俺はナースステーションに向かって叫んだ。気づいた看護師が軽く手を挙げて、

「こちらにご家族用待合室がありますので」と教えてくれる。

「ありがとう、みっちゃん」

お父さんはそう言い、渚と湊の手を引いて家族待合室に入っていった。

「え……？　みっちゃん、これって……」

「おまえのお母さん、たぶん急に産気づいたんだよ。なにかトラブルがあったか、かかりつけの個人病院が手一杯だったのか……とにかくここに回された」

「…………じゃ、お母さん、今産んでるの⁉」

やっと理解した浩一に、俺は「そういうこと」と返事をした。そして俺たちも一緒に家族待合室で待機する。

不思議なことに、今度は看護師たちも浩一をちゃんと認識し「大きいお兄ちゃんがいるのね」と下の子たちに話しかけている。山田家が揃ったことで、浩一に与えられるエネルギーが増大したということなのだろうか。

お父さんは座ったり立ったりと落ち着かず、渚に「じっとしてなよ！」と叱られるほどである。みんなのために紙コップのコーヒーとココアを持ってきた俺に「ああ、ありがとう、悪いね、みっちゃん」と照れた笑みを見せる。

「どうにもそわそわしちゃって……こればかりは慣れないな。もう三回目なのに」

「お父さん、間違ってる！　四回目でしょ！」

　またしても渚に叱られて、お父さんはハッとした顔になり「ああごめん、そうだよな。おとうさん、ほんと舞い上がってるんだ」と言い訳をする。浩一はそんな父を微笑んで見ていた。

　四人目で、十七歳下の弟か妹……一人っ子の俺にはまったく想像がつかない。それでも、浩一がその子をとびきり可愛がるのは間違いない。渚と湊は、弟がいいか妹がいいかで揉めてケンカを始め、だがやがて長い待ち時間に疲れたのだろう、ソファで眠ってしまった。看護師が毛布を貸してくれる。

　新しい命は、零時を回って産声をあげた。

　実際は産声が聞こえたわけじゃなくて、看護師が教えてくれたわけだけど、とにかく無事に生まれてきた。渚と湊はまだ眠っていて、お父さんは「浩一、先に会いに行こう」と長男に声を掛ける。

「え……いいの？」

「あたりまえだろ。お母さんにも言われてる。最初に抱くのはおまえだって。あ、みっちゃんもよかったら会ってくれるかい？」

そう誘われて、内心ドキドキしながらついていった。今まで産婦人科を訪れることなどなかったし、本物の新生児を見るのも初めてなのだ。

「あああ、浩一〜。みっちゃんもきてくれたのね、嬉しい〜」

ベッドのお母さんは、まるでフルマラソンのあとみたいに疲れた様子で、汗だくで顔を赤くし、それでも目がきらきらと輝いていた。赤ちゃんはその横にいて……小さくて、本当に小さくて……俺はびっくりしてしまう。

「女の子」

お母さんが言い、お父さんは「娘かぁ」と満面の笑みだ。

「も、クタクタだよ……やっぱり歳なのかなあ〜」

最初はお父さんは部屋にいた看護師に「長男に抱かせてあげてください」と頼む。普通、最初はお父さんなんじゃないかなと思うのだが、山田家ではそうなっているらしい。

看護師はそっと新生児を抱き上げると、「ほうら、大きいおにいちゃんだよ〜」と浩一に差しだした。

「頭とお尻をしっかり支えて……そうそう、上手よ」

「わ……うわ………」

浩一は怖々と、けれどちゃんと、妹を抱いた。

俺は後ろからそっと覗き込む。赤ちゃんの目はなんだか腫れぼったくて、開いてるのか開いてないのかわからない。よく生まれたてはサルみたいと聞くが……うん、なるほど……と思ってしまった。そう、おサルみたいだけど……でも、ものすごく可愛いんだ。

「おーい……チビちゃん……妹ちゃん……みっちゃんだぞ……俺の親友で、一番大事な人だぞ……」

浩一が囁くような声で、妹に俺を紹介していた。それに反応するように、赤ちゃんのほっぺがヒクヒク動く。熱っぽい瞼も震えて、ふわんとその目が開いた。世界のほとんどをまだ見ていない瞳が瞬いて、浩一を見つけた。

新生児はほとんど見えていないとか聞くけど……そんなの嘘だ。

本当に見たんだ、浩一を。

刹那、浩一が光った。

いや、光に包まれた……？　白い光がサアッと……本当に一瞬の出来ごとで、よくわからない。でも俺にはそう見えた。浩一も眩しそうに目を細めた。

「おお、もう目が開いたのか。どれどれ、父さんのところにおいで」

お父さんは我慢の限界だったのだろう、そわそわと両手を出す。

浩一が赤ちゃんを渡し、お父さんは涙目で「よく来たなあ、よく来たなあ」と言っている。だが赤ちゃんのほうは抱き方がお気に召さなかったらしく、ふぇふぇと泣きだしてしまった。それと同時にパタパタと軽い足音が近づいてくる。渚と湊が目覚めて、妹に会いに来たのだ。

山田家はみんな、幸福そうだった。

俺も赤ちゃんに触らせてもらった。産着から出ている手の、信じられないほどの小ささ——それでも関節の数は大人のそれと同じ。あたりまえだが、実際間近に見ると感心してしまう。

俺も浩一も、こんなんだったのか。ちょっと信じられない気分だ。

いや、俺たちだけじゃない。人間はみんな、ひとりの例外もなく、こんなに小さな赤ん坊だったんだ。泣きながら、血まみれになって、生まれてきて……うち捨てられたら、たちまち死んでしまう無力な存在。守られないと生き残れない。

俺が今生きているのも、守られてきたからなんだと気がつく。

もう深夜だけれど、山田家の興奮は冷めやらない。

あとは家族だけにしてあげようと、俺はそっと病室をあとにした。なのに浩一はついてきて「俺も帰る。またみっちゃんち泊めて」などと言い出した。

「いや、今夜はみんなと家に帰ったほうがいいだろ」

「みっちゃんといたい」

「けど」

階段の前で押し問答していると、誰かが近づいてくる。

うわ、と思った。よりによって父親だ。俺の顔を見ると、開口一番「なにしてる。熱は下がったのか」と聞く。

「あ。うん、下がった」

俺は頷き、浩一を紹介しなきゃと思い……迷った。いま、父には浩一が見えているのだろうか。

「きみは……山田浩一くん？」

その答を父が教えてくれる。きちんと浩一に視線を合わせて、そう聞いたのだ。浩一は「はい」と姿勢を正し、

「あの、母が産婦人科にお世話になってて……いま、妹が生まれて」

そう説明した。

「それはおめでとう。私はこれから緊急オペだから、明日挨拶に寄らせていただくよ。満がいつもお世話になっているね」

「そんな。俺がみっちゃんに面倒見てもらってるんです」

父親は珍しく微笑んで、「ふたりは本当に仲がいいんだな」と言った。

なんだよ、急に。恥ずかしくなるじゃないか。

「ああ、もう行かないと……。遅いからタクシーで帰りなさい。私はたぶん、明日の朝になる」

そう言い残した父は、階段を早足で上っていった。外科は先月から先生がひとり産休に入って、人手が足りていないらしい。緊急ならば院長も呼び出されるのだ。

「……うん、やっぱかっこいいよな、みっちゃんのお父さん」

「そうか？」

「みっちゃんも大人になったらあんなふうかな」

「さあな。……タクシー、呼ばないと」

俺が言うと、浩一がペタリとくっついてきた。

「うん。泊めてくれる？」

「……おまえがそうしたいなら」

「したいしたい。うーんとさ、たぶんもう、そんなに時間がなくて」

もしかしてと案じていたことを、浩一の口から聞かされてしまう。

「……いまおまえ、みんなに見えてるのに」

「うん。赤ちゃんパワーすごいよなあ……でも、あんま続かないと思うんだよ」

「………」

「なんとなくわかるんだ。自分の身体だし」

「……………」

俺たちは一階まで下りて、薄暗いロビーに立った。

大きなガラス窓の向こうで雪が降っているのが見える。そういえば、天気予報が言っていた。深夜から降り出すことでしょう、東京ではこの冬、最後の雪になると思われます――。

「俺はラッキーだったんだ。普通、こんなアディショナルタイムはもらえないわけじゃん。事故とかだと、急にサヨナラだ」

ほんと、バカなやつ。

ラッキーだったら事故に遭わないだろうが。

「でも俺はみっちゃんと過ごせた。妹にも会えた」

雪の夜は少し明るく感じる。風は強くないようで、静かに静かに、順番に、雪は地面に落ちていく。

「あとはさ、ありきたりだけど……みっちゃんが幸せになってくれたらいいなって」

どうやって？

おまえがいないのに、どうやって？

「雪、積もるかなあ」

浩一が窓辺に近づいて言う。降る雪を見上げる横顔はきれいだ。俺は浩一の顔がすごく好きだ。誰より一番好きだ。

「……泊まるなら、覚悟しろよ」

俺はぼそりと言った。浩一が「え？」とこっちを見たのがわかったけど、俺は浩一から目を逸らして言葉を補足する。

セックスするからな、覚悟しろよと。

浩一。

俺、本当は思ってた。あの月曜日の朝以来、ずっと思ってた。

なんでおまえは死んでるのに動いてるんだろうって。死んでるのに喋っているんだろうって。みんなには『死んでない、生きてる死体だ』なんて言ってたけど、本当はわかってた。浩一は死んでしまったんだって。でもそれは、俺にはとても受け入れがたくて――だから、あの時強引に、なにかをねじ曲げた。

ごめんな。おまえにもそれを手伝わせちゃったよな。

「……みっちゃん、気持ち悪くないのか？」

「なにが」

死んでるってわかってる。けど今夜のおまえは、とくに、本当に、生きてるみたいだ。皮膚の温かさも、筋肉の弾力も、俺の腰にあたっている硬い性器も。

午前二時過ぎ、俺の部屋の、ふたりじゃ狭いベッドの中。

ふたりとも、風呂に入って、いろいろきれいを心がけて、今はもうすっ裸でベッドにもぐりこんでいる。

浩一は背中から俺を抱いていた。自分からすると言い出したくせに、いざとなると気恥ずかしくなった俺が、ベッドの中で壁を向いて待っていたからだ。

「だって俺、死体なわけだし……」

「傷んでたらやだけど、まだ新鮮そうだから大丈夫だ」

「賞味期限が微妙な刺身みたいだな」

「うるさいよ、おまえ」

「ごめん」

浩一が俺のうなじに唇を寄せる。肩にも優しいキス。そこでフーと大きく息をつくから、なんだか擽ったい。

「みっちゃんの肌って、めちゃくちゃ気持ちいい」

大好きなぬいぐるみに話しかける子供みたいな声で、

「ちくび、ちっさ……」

そのくせ、ちゃんとエロいことはする。浩一の両手は俺の胸から腹をあちこち探り、触り、悪戯した。

「んっ」

「おへそ。……うわぁ、みっちゃんの、おへそ」

「……っ、なに遊んでんだよ……っ」

首を捻って浩一を睨みつけた。

「遊んでない。真剣に触ってる」

珍しく強く言い返されて「そ、そうか？」とやや引いてしまった俺だ。

「ここも、いい？」

「え」

浩一の手が下がる。まだいいって答えていないのに……今まではほっといた俺のそこに右手を伸ばして、包み込むように握った。

「……っ」

「たくさんみっちゃんに触りたい……忘れないように、たくさん……」

忘れる？

おまえ、俺を忘れちゃう可能性とか、あるわけ？　ひどいな。

……でもまあ、しょうがないか。『死んでもきみを忘れない』なんて台詞はよくあるけど、実際のとこ無責任なのかも。だって死んだらどうなるかなんて、誰も知らないのに。生きているあいだなら、そりゃあ言える。ずっと忘れない。死ぬまで忘れない。でも、死んだら？

「……みっちゃん……好き……」

「こう、い……あっ……」

死んだら、この先、ここから消えたら……おまえ、どこに行くの？

胸がせつなくて苦しくて、でも身体はすごく気持ちよくて、混乱する。悲しいのか幸せなのかわからない。胸に回された浩一の左腕にしがみついた。右手の愛撫はごくソフトに続いてて、どうにもじれったい。自分で腰を揺らしてしまいそうになるのを堪えるのが大変なほどだ。

「あのさ」

浩一の吐息がうなじにかかる。

「な、に……？」

「その……俺、初めてなんだけど……」

そんなのわかってる。っていうか、違ってたら殴る。

「……だから、なに。俺だって初めてだ」

「そっか。そう、だよな……うん、よかった。それで、あの……俺が……俺で……いいのかな……？」

こいつなに言ってんだ、と多少イラッときて、だがすぐに気づいた。浩一が気にしてるのは役割分担のことだろう。男同士がなにをどうするかという知識はあるけれど、俺たちの場合、どっちが下になるかのコンセンサスが取れていないわけだ。

俺は意を決して身体の向きを変え、正面から浩一を見た。

すっかり上気してる顔を見られるのは恥ずかしかったが、浩一のほうもだいぶ赤かったのでおあいこだ。

「おまえ、どっちがいいの？」

「……ええと」

「俺、たぶん、入れられたいほうなんだけど」

俺だって何度も想像したんだ、浩一とこうする日のこと。その想像の中、いつも俺はそっちの役割だった。逆もできなくはないと思うけど、自然な欲望をいえば、受け入れる側だった。

浩一はますます顔を赤くして、俺を凝視している。

「……なんか、エロい……もっかい言って……？」

浩一の熱く滾るものをぎゅっと握って「バカ」と返す。浩一がウッと呻いて身悶えた。ちょっと強すぎたかな。

「みっちゃん」

呼ばれて、胸をぴたりと合わせた。そして深いキスをする。

最初のうちは慎重だった浩一だけれど、だんだん余裕がなくなってきた。それは俺も同じことで、無我夢中のキスになってしまう。

「ん……っ、ふ……う……」

相変わらずうまくないから、息継ぎのタイミングもよくわからない。吸いつかれ、嚙みつかれて、唇がじんじん痺れてきた。口の中も外も、さんざん暴かれて、唾液でベタベタにされて、俺は走ったあとみたいに息が上がって……気持ちよくて。

「んんっ」

浩一が膝頭をわざと擦りつけてくるそこは、もう痛いくらいで。

ふいに浩一が上体を起こす。

唇がさみしくなって、俺は浩一を見上げた。浩一はなにか言おうとして、でも結局言わないまま、身体の位置を下げた。

「……え」

布団がはねのけられて、脚を広げられる。浩一の意図を察して、俺は慌てた。それは……それを、想像したことも、そりゃあるけど……。

「浩一、それはまだ……」

「する」

脚のあいだに陣取って、浩一はきっぱり言った。部屋の電気は消えてるけど、小さなフットライトが生きているので、視界はそこそこある。至近距離で見られるのはさすがに恥ずかしかったし、なにより……、

「だ、だめだ。そんなのされたら、俺……」

「やだ。ずーっと前から、したかったんだ。だからする」

浩一は引かない。髪の毛を引っ張って引き剝がそうか、でもそんなことしてごっそり抜けたりしたらどうしよう……などと迷っているうちに、

「あ」

内股の深く、きわどいところにキスされて震えた。

強く吸いつかれて、きっと……痕が残る。赤く、小さく、浩一が俺につけた痕跡が残る。そう思ったら身体の奥から深い快感が湧いてきた。どう表現したらいいんだろう……単なる刺激に対する反射ではなく、身体と心、その両方から染み出してくるような感覚。

「ぜんぶ見してよ……みっちゃん……ぜんぶ、食べちゃいたいんだ」

「……ッ」

そう言うと、浩一は俺の性器を口に含んでしまった。

「……ふ……っ、……ん……」

人の口の中って、こんなに熱くて、湿ってて……ああ、もう、なんか。

蕩けそう。

食べちゃいたいと浩一は言った。鬼は人を食うと鏡屋も言った。

そして俺は思ってる。このまま浩一に食べられてもいいのにと。

一番弱いところからボリボリと、骨まで砕かれて、ぜんぶぜんぶ食べられて、そうしたら浩一の中に入って……ずっと一緒にいられるのに。

「……こうい、ち……」

いっそ、俺がおまえを食ってもいい。事故に遭ったのが俺だったら、俺はやっぱり生きる死体になったんだろう。浩一と離れたくなくて、浩一は俺を失いたくなくて、わけのわかんない奇跡を起こしたんだろう。そしたら俺は、おまえを食い殺して道連れにして……。

……笑える。ぜんぜん想像できない。

できるわけないんだ、そんなこと。

こんなにおまえが好きなのに。誰より好きなのに。俺の一番なのに。きっと同じだったよ。おまえと同じことをした。一緒に事故に巻き込まれなかったことを喜んだ。おまえがこのあとも幸せに生きてくれるように祈った。そしたらおまえは情けない顔したんだろうな。みっちゃんがいないのにどうやって、って。

「う、あ……」

先端の、弱い粘膜に舌が絡みつく。

一度離れて、またそこにキスされる。焦らすみたいな、すごく優しいキス。たまらなくなって、俺は浩一の髪を摑んだ。するとまた深く咥え込まれ、喉から勝手に甘ったるい声が出る。

「だ、め……出る……はなし……あ……」

「出して」

言われたあと、キュウと圧が強くなった。未知の刺激に俺はひとたまりもない。足先までピンと力が入り、弾けてしまった。浩一は俺を口内に入れたままで、臆することもなくそれを飲み込んでしまう。

「ば……か……不味い、のに……」

達した余韻と恥ずかしさの中で、俺はまた浩一の髪を引っ張った。ウン、ちょっと変な味、と浩一が笑う。そして身体を起こしながら、

「でもこれも、したかったことだから」

そんなふうに囁く。俺はどう返したらいいのかわからなくて、両腕を伸ばして浩一を呼んだ。覆い被さってきた身体をしっかり抱いて、続きをせがむ。

そこから先は、正直苦労した。

なにしろふたりとも初めてで、大雑把な知識しかない。俺のそこは浩一を怖がって、なかなか解れず、無理をすれば怪我をしそうだった。俺はちょっとくらい切れても構わないと言ったのだが、浩一はそれは絶対ダメだという。こういう時の浩一はとても頑固なのだ。

「……なんか、滑りをよくするものが要るのかも」

俺が言うと、浩一はなるほどという顔になり「クリームとか？」と聞いた。

「手に塗るの、よく女子が使ってるよな」

「うちには……俺ちょっと肌が弱いから、保湿用のジェルみたいなのある……」

それを使ってみようということになった。

ふたり一緒に、裸のまま毛布にくるまって部屋を出た。

よたよたと、あまりの歩きにくさに俺も浩一も、声をたてて笑ってしまう。階段ではもう少しで転ぶところだ。別々に歩けばいいだけの話なのに、俺たちは絶対にそうしなかった。一秒だって、離れたくなかった。

一階の浴室まで行くと、俺はジェルのボトルを手に取る。

ふたりで成分表を睨(にら)んでみたが、知らないカタカナばかりだ。たぶん大丈夫だろうということで、毛布のおばけと化した俺たちはまた部屋に戻る。上りの階段は、下りよりはましだった。

クスクス笑いながらベッドに戻り、共同作業に挑む。

「……どう？」

「……う、ん……」

潤滑剤の威力は大きく、浩一の指は侵入を果たした。

「大丈夫そう？　痛くない？」

「痛くは……ない……」

なんだか、すごく変な感じだった。自分でも触ったことのない場所だ。痛くはないけど、気持ちいいかと言われるとそんなこともない。それより恥ずかしさが大きかったが、なるべく考えないようにした。

浩一はとても慎重だった。時間をかけて少しずつ進み、俺の中を探る。

「……っ！」

「……みっちゃん、いま、ヒクッてなった」

「そこ……なんか………あっ」

指先がある箇所を掠める(かす)と、性器にダイレクトに響く。父親の留守を狙い、パソコンで検索したあれこれのワードの中から、思い当たるものが浮かんだ。もっとも、医学サイトだったので淡々と記してあっただけで『……は、一部が直腸に接しているため、直腸の壁越しに指で触れることができ』みたいな……。

「ひっ、あ！」

声が跳ね上がってしまう。

これって、こんなに……だったのか。小さな痛みもあるんだけれど、それを楽々と上回る感覚——。

「みっちゃん……？　痛い？　もうやめる？」

「ちが……痛いんじゃな……ああ、や、そこ、あっ！」

「え、ここ……？」

「ちが……そこじゃな……あっ、ああっ、そ、っち……！」

俺は素直に、正直に、自分の身体を明け渡した。

そこを、優しく擦(こす)ってと頼んだ。強くし過ぎると痛いけど、優しくされるとすごくいいんだと伝えた。浩一は嬉(うれ)しそうだった。

指を増やして、やがて浩一自身を迎え入れた。

これもまた、無理かと思うほどきつくて……でも浩一は辛抱強く待ってくれた。

俺も頑張った。自分の身体に言い聞かせた。大丈夫、力を抜いていい、入ってくるのは浩一だ、一番好きな男だ。

ちゃんと繋がるのに、どれくらいの時間がかかったんだろう。

とても近くに浩一がいる。俺の中に、いる。

俺たちはキスをした。

長い長いキスだった。

収めたものの存在がいくらか馴染んで動けるようになると、浩一は俺を揺すりながら、少しずつ角度を変えてきた。やがてさっき教えた部分を探し当て、硬い先端で擦り上げてくる。俺はもう声を殺すのは無理で、恥ずかしいなんて思ってる余裕すらなくて、たぶん色々口走ったはずだ。

俺の腰を深く抱え、浩一が律動を刻む。

そのリズムは浩一の心臓の代わりかもしれない。皮膚は熱いのに、汗はかいていない。熱くてサラサラした身体が気持ちいい。一方で俺のほうは汗だくだ。

大きな背中に腕を回して、俺は何度も呼んだ。

浩一の名前を呼んだ。大好きだと伝えた。

「みっちゃ……俺、たぶん、もう……」

俺の顔に落ちる雫。

汗は出ないけど、涙は出るんだな……泣くなよ、浩一。

もう、いいよ。

おまえはもう自由になっていい。俺に縛られなくていい。

「やだ、やだよ、みっちゃん……こんな、大好き、なのに……」

うん。俺も。俺もおまえが大好きだよ。

ごめんな、ひきとめて。おまえに、つらい思いをさせた。みんなから忘れられていくの、しんどかっただろう?

なあ、キスして?

「みっちゃん」

俺、わかった気がする。

順番が、ちゃんとあるんだと思う。おまえは俺を忘れていいんだ。先に忘れていいんだよ。そうしたら楽になる。軽くなる。

おまえは綿菓子を食べて、空に昇らなきゃ。

大丈夫、俺が忘れないから。俺は死ぬまで決して、おまえを忘れないから。

「みっちゃん……」

ほら、泣くなってば。

ぽたぽた、ぽたぽた……俺の顔に雨みたいに降ってくる。

あの夏の、キャンプの豪雨より、ずっと優しくて温かい雨。もう一度キスしてくれよ。おまえと繋がったままキスするの、最高にいい感じ。

熱くて、あったかくて、おまえが生きてるのがわかる。誰がなんと言おうと、生きてる。ここにいる。俺はそれを知ってる。身体に刻まれている。

だけどもういいよ。いっていいよ、浩一。

俺は、大丈夫だから。

もう逝って、いいよ。

朝のキッチンはしんしんと冷えていて、今朝はことさらに静かだ。窓のロールカーテンを上げると、雪景色だった。こんなに積もるとは思ってなかったなと眺める。路面を、家々の屋根を、車の上を、白く白く覆う雪。

パジャマの上にセーターを着て、コーヒーの支度をする。

ポットのお湯が切れていて、ヤカンを火に掛ける。ガス台の前でヤカンがピーピー言い出すのをじっと待った。

「なんだ。早起きだな。まだ七時にならないぞ」

黒いコートの肩に雪を載せて、父親が帰ってきた。

「いつもとそんなに変わらないよ」

「おまえは朝に強いな。母さんに似たのかも」

珍しい。父親は滅多に母親の話題など口に出さないのに。

「コーヒー、飲む？」

だから俺も、珍しいことを言ってみた。もらうよ、と父親がダイニングの椅子に座った。ペーパーフィルターをセットして、お歳暮で届いた高級そうなコーヒーを淹れる。俺はあまり味に頓着しないけれど、この香りはとても好きだった。

高級なコーヒーだというのに、父親は砂糖をどばどば入れる。徹夜の手術で疲れているのだろう。

向かい合って、コーヒーを飲んだ。

たぶん、俺の目は真っ赤で腫れぼったい。とてもたくさん泣いたから。

でも父親はなにも言わない。

「母さんのこと、覚えてるか」

「え？　なに、突然。そりゃ、多少は覚えてるよ」

いや、そうじゃなくて、と父親は続ける。

「母さんが死んだあとのことだ。何度かおまえの前に現れただろう？　夜中におまえの寝顔を見にきたとか……私に話してくれたよな」

「……だって、あれは」

あれは、俺の夢だ。母さんの幽霊。現実にはなかった、優しい微笑み。

「あれは夢か……でなきゃ、思い込みだろ。小さい子にはよくあるやつだよ」

「いや」

はっきりと返す父の目に、冗談の色などなかった。

「母さんはな、自分の病気についてよくわかっていた。長くないのも承知だった。利発で、プライドも高い人だったからな……取り乱したりはしなかったよ。ただ、おまえはまだ小さかったから、母さんはずいぶん心配したんだ。記憶に残らないくらい小さいならともかく、多感な時期に、母親の死に目に会わせることになるだろうって。

だからその時、おまえがなるべく悲しまないように、入院中から距離を置くように決めたんだ」

……なに、言い出すんだよ。

どうして急にそんな話を始めるんだ。しかも、意味がよくわからない。母さんが、わざと距離を？　自分が死ぬからって？　残される俺が悲しまないように？

「私は母さんの意思を尊重して……だが、途中で間違いだったと気がついた」

もちろんだよ。間違ってる。

別れの日が来るまで、全身全霊で愛するべきだった。俺じゃなくても、どんな子供だって、そうしてもらうべきだろ。医者になれるくらい頭がいいのに、なんでそれがわからないわけ？　正直言って、びっくりだ。

「いつ死ぬにしても、おまえを手元に置いて、愛して、育てればよかったと……気がついた。でも、その頃にはおまえは母さんを怖がっている様子でな。お祖母ちゃんのほうに懐いて、だがお祖母ちゃんと母さんの折り合いはいまひとつで……私も母さんも、どうしたらいいのかわからなくなってしまった」

「そんなこと、いまさら言われても……困る」

厳しかった母さん。

時々伸ばされる手に……竦んでしまった俺。お祖母ちゃんの陰に隠れた。

「そうだな。すまない。おまえは悪くない。母さんは、私以上に頭のいい人だったが、ちょっとばかり頑固で……自分の気持ちを表現するのが下手で……そういうところも、おまえは受け継いでいるな。顔もよく似ているが」

「父さ……」

「実はな、母さんが言ったんだよ。病院を大きくして、産婦人科も置けと。遺言みたいなものだな……新しい命の生まれる場所をつくってほしい、と話していた。それを実現するのに、私は夢中になりすぎた。おかげでおまえに皺寄せがいって、悪かったとずっと思ってたんだが……なかなか謝る機会がなくて」

「……謝る？」

「ああ。さみしい思いをさせた」

「仕事なんだから……しょうがないよ。ただ……」

俺は言ってほしかった。

満、おまえが一番大事だと、言ってほしかった。

医者が忙しいのはしかたない。病気の人を、怪我した人を助けるんだ。ほかの家より遊んでもらえないとか、旅行に行けないとか、そういうのはいい。我慢できる。ただ、言葉にしてほしかった。おまえが一番だと、母さんのぶんまで言ってほしかった。たったそれだけの単純なこと――でも子供はそれがないと不安なんだ。

お母さんは死んでしまって、お祖母ちゃんも死んでしまって、お父さんは常に患者が最優先。

俺は誰の一番にもなれなかった。

誰にも、一番だよと言ってもらえなかった。

浩一が、言ってくれるまでは。

「昨日の友達は、どうした？」

突然聞かれて、俺は父親を見た。

「……浩一？」

「そう。うちに泊まったんだろう？」

「………もう帰ったよ」

「彼のお母さんに挨拶しようと思ったんだが、早朝だったから遠慮しておいたよ。母子共に問題ないそうだ。仮眠を取ったらまた出るから、そしたら顔を出す」

「うん……お世話になってるから……」

「彼は、家族にはまだ見えてるんだな？」

「……え？」

「浩一くんだ。ご家族はまだ、見えているのか？」

俺は言葉を失った。

どうして、それを……そのことを……香住が話したのか？　それしかない、ほかに考えられない、そう思った俺だったが、

「母さんの時と同じだった」

思いがけない言葉が続いた。

「存在が不安定だからなのかな。全体の輪郭が……少し透けたり、揺れたりする。でもおまえを見ている時は、とてもくっきりする」

「な……」

「おまえと浩一くんは、特別な間柄なんだとわかった。おまえを支えてくれたのが彼だったなら、どんなに感謝しても足りない」

「…………」

「母さんを見えたのも、私とおまえだけだった」

「……じゃあ……俺が小さいときに見た母さんの夢って……」

半分寝てる俺をのぞき込む、微笑み。

おやすみと小さく言ってくれた、温めたミルクのように優しい声。

ひとりで登校する俺に、木陰から小さく手を振る姿。

「それは夢でも思い込みでもない。もっとも、私も最初は我が目を疑ったけどな……なにしろ医者だし、とても現実とは思えなかった。ところが、確かに現実だったよ。

あの時の母さんは、いわば生ける屍……か。私には見えるし、触れるし、会話もできる。まるきり普通なんだが、心臓が動いていなかった。どうしたらいいのかわからず、いったん家に連れて帰ったんだ。病院側は大騒ぎだ。もう時間の問題だった患者が突然消えたんだからな。自分の病院だったから、いろいろとごまかせたものの……思い出しても冷や汗ものだ。でも、私は嬉しかった」

半分ほどに減ったコーヒーを見つめながら父親は言う。

「死体だってかまわなかった、母さんがそばにいてくれるなら」

その顔に浮かんでいるのは、穏やかな微笑みだった。

嵐のような悲しみを乗り越えて、凪いだ海に漂う懐かしさを掬い上げるような……

俺は羨ましかった。聞きたかった。

父さん、どうやってその嵐をやりすごしたの？

俺にもそれはできるの？

「母さんは、日中は隠れていたよ。夜中だけ、そっと顔を見に行ってた」

「……たまに昼間もいたよ」

そうか、と父親が笑う。我慢できなかったんだな、と。

「なあ、満。間違いなく、おまえは母さんの宝物だった」

小さな、ふにゃふにゃした温かい生き物。

だれもが最初は赤ん坊で、

「もっともっと、おまえを抱きしめておけばよかったと、後悔していた」

無力で無垢で、ただ泣いて、

「優しい子になってほしいと言ってたよ」

誰かしらに守られて、育つ。

「……っ……」

俺はちっともコーヒーが飲めない。

呼吸ひとつで、感情の水が身体中から溢れてしまいそうだった。

お母さん。

……浩一。

「彼は、逝ったのか」

父親の問いに、頷く。

明け方、浩一の腕の中で眠った。たぶん一時間もしないで目を開けた時……俺はひとりだった。

驚きはしなかった。予感はあったんだ。

ただ、浩一のいたシーツを撫でて、泣いた。声を上げて泣いた。

胸が張り裂けるなんて、ただの慣用句だと思っていた。極端な言い回しだと。

でも違った。心臓が裂けてしまいそうに強烈な悲しみは、本当にあるんだと知った。胸を押さえて泣くのは、裂けないようにするためかもしれなかった。それでも俺は、浩一を追うことはなかった。あいつは自分の家に帰ったんだとわかっていたから。

「そうか。うん……母さんも、数日しかこっちにいられなかったよ。よくわからないが、そういうものらしい」

父親はゆっくりと立ち上がり、俺の後ろに回って頭をくしゃりと撫でた。

俺はまた泣いた。

悲しみは身体の中の洪水になり、水は涙にして逃がすしか方法がなかった。泣かなければ膨らみすぎた風船のように破裂してしまいそうだ。俺の頬全体が涙の道になり、顎を伝い、首を濡らし、パジャマの衿に染みる。

つらくて、悲しくて……でもそれだけじゃない。失うことがこんなにつらい存在に出会えたなら、愛されたなら、それは悲しみのためじゃないはずだ。

正直、今は心からそうは思えない。世の中のすべてを罵倒したいくらいつらい。

どうして俺が、どうして浩一が。

こんなのってあるか。与えられて奪われる悲しみをどうやって癒せというんだ？

それでも、こんなにつらいなら出会わなければよかったとは、思いたくない。否定したくない。

母親が俺を産んでくれたこと。

浩一が俺を一番好きになってくれたこと。

涙がどうにも止まらない。

コーヒーの黒い水面にまで落ちていく。しょっぱいコーヒーなんて、飲めたものじゃないだろう。父親は俺のコーヒーを新しく淹（い）れ直すため、再びヤカンをガス台に置いた。

火の気配に、キッチンが少しあたたかくなった。

一昨年の春、みっちゃんと出会った。

その年に何人の高校一年生がいたのか俺は知らないけど、俺がみっちゃんに出会えたのは奇跡だったと思う。同じ学校に入り、同じクラスになり、たまたま視線が合うとか、どれだけ低い確率だろう。だからそれはきっと絶対奇跡だ。

入学式会場に入る前から気になってた。整った顔が目を引いたのだ。

アイドルみたい、女子にモテるんだろうな。色白で頬がつるんとしてて、髪は柔らかそうで、でも後ろがちょっと跳ねてる。高校生活初日なのに、お母さんに注意されなかったんだろうか。うっわ、睫毛(まつげ)長い……などと観察していた。式の最中もちらちらと気にしていたら、ふいに目が合って睨(にら)み返された。

怖い顔だった。

ギリギリッと音がするほどに睨まれたその瞬間、俺は恋に落ちたんだと思う。慌てて目を逸(そ)らしたけど、強い視線が焼きついた。

その日からもう、夢中だ。

自分が男を好きになるとは思っていなかったので、いくらか驚きはあったけれど、そんなことはどうでもよかった。みっちゃんなら、女の子でも好きになったと思う。

いや、女の子だとそれはもうみっちゃんじゃないのかもしれないけど……とにかく、どうしてもみっちゃんを見てしまう。目が追っかけてしまう。

距離を縮めるのにはちょっと苦労した。みっちゃんは一匹狼タイプだったから。

俺は頭もよくないし、小細工なんかできない。だから図書館脇の裏門に抜ける小径に呼び出して、勇気を振り絞った。ほとんど散った八重桜が、濃いピンク色の絨毯みたいになった場所で、ちょっとロマンチックだよなと思ったんだ。そしてやっと言った。友達になってくれないか、と。

みっちゃんはすごく驚いて、ためらって、でも俺は押し切った。

一年がかりで距離をじわじわ縮めていって、二年の春には『ぜんぜん性格違うのに、なぜか仲がいいふたり』とクラスメイトが認識するポジまで漕ぎ着けた。みっちゃんがカニさんウィンナーを食べてくれた日は、俺だけの記念日だ。嬉しくて嬉しくて……家に帰るなり、お母さんにありがとうと叫んで、笑われた。

みっちゃんは、多少、面倒くさいところがある。

めちゃくちゃ我が道を行く。俺みたいに周囲に合わせることがない。いやなものはいやと言い、言うのも面倒くさい時は顔に出す。あんなに可愛い顔なのに、ものすごく嫌そうな表情をする。そのせいか、クラスではちょっと浮きがちだった。そこで俺は橋渡しみたいな役割をした。

みっちゃんのためじゃない。自分のためだ。俺は、俺の好きなみっちゃんをみんなに知ってもらいたかったし、俺の好きなみっちゃんをみんなに自慢したかったんだ。

それに、みっちゃんはそのままでいい。他人に合わせる必要なんかない。そうしないところが好きなんだ。凛としてて、すごくかっこいいと思う。可愛くてかっこいいとか、もう最強だ。

俺はつい、人に合わせてしまう。相手の顔色をうかがってしまう。

それが悪いってわけじゃない。普通に考えたらむしろ長所なんだろう。だから無理に直そうとは思わないけれど、そういう自分を心から好きかと言われると……ちょっと迷いがある。

小さい頃から、周りを気にする子だったと思う。

うちは母親しかいなかった。父親が誰なのかは知らない。経済的に厳しかったんだろう、母親は昼も夜も働いていたから、俺を構う時間はあまりなかった。そんな母親の負担にならないようにと、俺はおとなしい子供だったらしい。母親が消えた時、俺はまだ五歳だったからはっきりと覚えてはいない。ただ、疲れて眠る母親を起こさないように、そうっと歩いたアパートの床の記憶はある。どうしても、ギシギシ鳴っちゃう床だった。

母親が突然いなくなったあと、母の兄である伯父さんが俺を引き取ってくれた。

母親は実家と縁を切っていたから、俺は伯父さんの存在を知らなかったし、伯父さんも甥がいると知らなかった。結婚してまだ二年だったのに、よく決心してくれたものだ。伯父さんがそうしてくれなかったら、俺は施設で育ったはずだ。

俺はとても幸運だったんだ。

伯父さんと伯母さんは、俺を実の子のように可愛がり、叱り、たくさん抱きしめてくれた。ふたりに娘と息子が生まれてからも、それは変わらなかった。妹と弟は、俺を本当の兄ちゃんだと思っていて、実は従兄だとはまだ知らない。俺は山田家の長男として、家族として、過ごしてきた。五歳の時から一緒なのだから、実際、本当の家族みたいなものだ。

それでも時々頭を掠める。

どうして母親は、俺を置いていったのかなと。

当時の母親の年齢や状況を考えると、ほかに選択肢がなかったのかもしれない。俺といたら、虐待だとか、もっとひどいことになると悩んだのかもしれない。俺が大人になれたら……母親に会えて、ちゃんと話を聞けて、そしたら理解できたのかな。やっぱりだめかな。俺は捨てられたんだ、いらない子だったんだという悲しみは、まるで溶けない氷みたいだ。雪よりずっと硬くて、手強い。

どっちにしろ、もう母親に会うこともない。

俺はみっちゃんの寝顔を見つめる。

眠らないように頑張ってたみたいだけど、やっぱり疲れたんだろう。みっちゃんが気持ちよくなってくれて嬉しかった。俺も最高に気持ちよくて、本当にこのアディショナルタイムを幸運だと思う。俺がそう言った時、みっちゃんは「こいつバカだな」って顔をしてたけど。

みっちゃんの薄い瞼。ふわふわした、頰のうぶ毛。

ずっとずっと、この顔を見ていられたらいいのに。

でもそれは無理だとわかってる。やっぱり心臓が止まると、身体を保つのがものすごく難しい。集中していないと指先から崩れそうで、とても疲れる。生まれたばかりの妹を抱いた時だけは、まるで生き返ったような気分になって……あれがなかったら、今朝までだって保たなかったのかもなぁ……。

みっちゃん。残していくのはすごく不安だし、寂しいよ。

俺のこと、一番好きだって言ってくれた。一番、って。

それは俺がずっともらえなかった順位だ。伯父さんも伯母さんも、俺をとても愛してくれたけど、一番じゃない。渚と湊がいるんだからそれはしょうがない。だからずっと思ってた。いつか、俺を一番大事だって言ってくれる人が……一番好きだって言ってくれる人が現れるといいなって。

そして俺もその人が一番好きだったら、それって本当に奇跡だよなって。

みっちゃん。

奇跡をありがとう。

眠ってるあいだに行くね。俺の遺体がここで見つかったら、大騒ぎになっちゃうもんな。それに、家に帰らないと。十二年間、あそこは間違いなく俺の居場所だったし、それを疑ったことはない。最後の最後に迷惑かけちゃうけど、きっと許してくれる。だって家族だから。

みっちゃん。

雪が積もって世界が白い。今朝の町はとてもきれいだよ。

みっちゃん。

一番、愛してる。

四月の最初の日曜日、俺は電車に乗っていた。

車窓越しの温かい光がうなじを温める。春らしい、いい陽気だ。鈍行電車に揺られながら、小一時間うつらうつらする。なにか夢を見たような気がするけど、目が醒めたら忘れてしまっていた。優しい夢だったように思う。

目的地までは駅から歩いて二十五分というところだ。

どうやら地元のハイキングコースになっているらしく、家族連れや、停年退職後のご夫婦などの姿がちらほら見える。去年よりは人出が少し増えたのだろう。

「お散歩ですか」

七十くらいに見えるが、健脚そうな老婦人に声をかけられた。ヤッケに登山帽、パンツスタイルがさまになっている。マスクのせいで、少しだけ息がしにくそうだ。

「友達に会いに行くんです」

俺はそう答える。笑みを作ったのだが、わかってもらえただろうか。マスクは煩わしい上に、表情がわかりにくいところも困る。

「お友達は、どこにいなさんの？」

俺は寺の名前を告げた。老婦人は一瞬戸惑い、でもすぐに笑顔を見せてくれる。

「ああ、そうでしたか。あそこはね、あたしの連れ合いも眠ってますよ。南側は桜がもう満開。お友達もきっと花見と洒落(しゃれ)込んでるでしょ」

　そうですね、と俺は頷(うなず)いた。でもあいつは花より団子……いやいや、そうでもないかもしれない。友達になってくれと言われたのは、八重桜の下だったな。もう散っていたけど、ピンクの地面がきれいだった。

　お互い会釈して、すれ違う。

　この先は緩やかな上り坂だ。少しずつ、境内の緑と薄いピンクが見えてくる。俺は足を速めた。近づくにつれ、みるみる盛り上がってくる桜色。ほとんど満開に近いんじゃないだろうか。今年は開花が早くて、都心だとほとんど桜は終わってる。

「あっ、来た来た。みっちゃーん」

　門前で橋本が手を振っていた。マスクをしていても、満面の笑みだとわかるのが橋本のいいところだ。いつからか忘れたけれど、俺をみっちゃんと呼ぶようになって、今でもそれは変わらない。その隣には鏡屋の姿もある。

「ふたりとも早かったな」

「乗り継ぎがうまくいったんだよー。みっちゃん、二年ぶりだねえ」

「去年も誘いたかったんだけど、さすがに自粛ムードが強かったからな……。鏡屋、元気にしてたか？」

相変わらず物静かなもと同級生に聞くと、黒いマスクで「元気」と頷く。

「青海くんも元気そうでなにより。お医者さんはいま大変だから、気になってた」

「ああ、うちは受け入れてたからな。一時は厳しかったよ。親父も歳なのに、ずいぶん無理しちゃって、遥さんがひやひやしてた」

遥さんの旧姓は香住だ。

前夫との離婚は、俺が大学生の時に成立した。だが父が「満が一人前になるのを待ちたい」と言ったそうで、ふたりが結婚したのは俺が研修医を終えてからだった。それをあとから知らされ、なんだか申しわけなく思った。俺のことは気にしなくてよかったんだし、そもそもいまだに一人前になれた気がしていない。とくに、今回のパニックともいえる状況の中でそれを痛感した。

救えなかった人もいる。

家族にも会えないまま亡くなった患者たちの顔を、忘れることはないだろう。

大きな不安と悲しみに、世界が包まれ――それでも日々は続いている。

「おっ、青海、来たか。もう線香買ってあるぞ」

寺務所のほうから現れたのは委員長だ。

毎年ちゃんとスーツを着てくるのが、真面目な彼らしい。俺はデニムを穿いたカジュアルな恰好だというのに。

四人揃い、墓前に赴いた。

静かに手を合わせる。命日は二月なので、俺は二か月前にもこの寺を訪れていた。もちろん、その時は山田家と一緒だ。そしてさらに二月後、今度はもと同級生の四人で集まるのが恒例行事になっていた。

風が吹くと、花びらが舞う。

「きれい。墓参りというか、花見じゃんねぇ」

橋本が笑った。娘がふたりいて、上の子は次の春で中学生だという。友達の子供の歳は、俺たちに時の流れを思い知らせる。

「山田はそんなこと気にしないよ。きっと一緒に花見してる」

今は公務員の、もと委員長が桜を見上げて言う。委員長も結婚していて、ここにパートナーを連れて来たこともある。すてきな女性だったから、浩一に自慢したかったのだろう。子供はおらず、三匹の猫を可愛がりまくっているようだ。

「このあいださ、偶然あの子に会ったんだよね。ほら、バスケ部のマネしてたチカちゃん。最初、マスクでわかんなくてさー。ひさしぶりーってなって、お茶して、山田くんの話になって……いまだに不思議がってた」

「だろうな。当時はマスコミも騒いで……テレビ局とか、来てたよな？　僕もクラス委員だからって、インタビューされそうになって逃げた」

「すごい騒ぎだったよな。もっとも、自宅の布団で亡くなってたのに、首だの脚だのが折れてたんだから……どうしたって、事件っぽくなっちゃうよなぁ。橋本はプンプン怒ってたじゃないか、そっとしておくべきだって」

「あたしも怒ってたけど、みっちゃんが一番怒ってたよ」

「そうだね……青海くんは言葉にはしなかったけど、恐ろしい形相だった……」

鏡屋にまで言われてしまい、俺は苦笑する。鏡屋は実家で神職に就いている。お父さんが宮司で、彼女は禰宜だ。鏡屋の考案した新しい御朱印はSNSで話題となり、参拝者が増えているらしい。

時は流れ、それぞれが大人になった。

浩一だけが俺たちの中で十七歳のままだ。

学生服の、ままだ。

「山田ー、世界は新しいウィルスで大変なんだよー。みんな無事でいられるように、お願いします……」

橋本がしみじみと言い、再び手を合わせた。

俺たちは全員、同じように合掌する。でも浩一はちょっと困ってるかもな。新型のウィルスをどうこうするのは難しそうだ。まあ、生きている俺たちが頑張るから、見守っててくれよ……俺は心の中でそう語りかける。

　こんなふうに穏やかな気持ちでここに立てるまで、何年かかっただろう。

　最初の数年は記憶が曖昧(あいまい)だ。葬儀の時は、一緒に来てくれた父親に支えられて、なんとか立っていたような気がする。高校のあいだずっと、そして大学に入り環境が変わっても、喪失感はあまりに大きすぎた。

　教室で、町で、人混みで、俺はいつも浩一を捜していた。いないとわかっているのに、捜してしまうのだ。

　夏の雨の中で捜してしまう。

　冬の雪ならなおさら諦(あきら)めきれない。

　会いたい。会いたい。会いたい。

　この悲しみが消える日がくるなんて思えなかった。そしてやっぱり消えることはなかった。ただ、形を変えただけだ。波に洗われて尖(とが)った石が丸くなるように、俺の悲しみは少しずつ柔らかい形になったんだと思う。山田家の末っ子、ひろちゃんが小学校に上がる頃にはようやく昔の話ができるようになった。ひろちゃんに教えてあげたくなったんだ、浩一のことを。

　一番上のお兄ちゃんがどんなに優しくて、いいやつだったかを。

「僕、手桶(ておけ)を返してくるよ」

「あ、あたしも行く。寺務所でお手洗い借りたい～」

委員長と橋本が、墓石の立ち並ぶ緩やかな坂道を下りていった。

ふたりの中で、浩一は突然亡くなってしまった同級生だ。死体になっても動いていた日々の記憶はなくなっている。ほかのクラスメイトもそうだった。あの奇天烈な日々は誰も覚えていない。

俺と……たぶん、鏡屋以外。

確認したことはないけれど、鏡屋は覚えている。そんな気がしてる。

「このあいだ、懐かしい人から手紙が届いたんだ」

俺が言うと、鏡屋は「誰？」と聞くようにこっちを見た。

「玉置先生」

玉置先生は今はアメリカにいて、パートナーと暮らしている。小河先生ではなく、アメリカ人の男性だ。小河先生はあのあとしばらく休養し、別の学校に移った。数年前の同窓会で久しぶりに顔を出してくれて、穏やかな笑みは昔のままだった。

「ステイホームで時間を持てあまして、写真の整理をしてたんだって」

教師時代の懐かしい写真も出てきたそうだ。生物の授業の様子を撮った数枚があって、そこに浩一が写っていた。それをわざわざ俺に送ってくれたのだ。玉置先生にも、生きる死体だった浩一の記憶はないはずだが……それでもなにか、感じ取るものがあったのだろうか。

「浩一、顕微鏡の前ですごく眠そうにしてた。笑っちゃったよ」

「目に浮かぶ。……でも先生、よく青海くんの住所がわかったね。ああ、名前で検索したのかな。病院のドクター一覧とかにひっかかりそう」

「ご明察。病院あてに送ってくれた」

写真を見た俺は、ふと思い出した。

同着一位はだめですか——昔、浩一が玉置先生に言った言葉だ。あの時は、こいつなに言ってんだと思ったが、今ならわかる。浩一は、自分がいなくなったあとの俺を懸念したのだろう。自分のことをずっと忘れないでほしいけど、でもほかに好きな人ができないのは可哀想だし、かといってその人が一番というのはなんだか悔しい……ということで、同着一位だ。

——みっちゃん。俺と同じくらい、好きになれる人と出会って。

なんだかなあ……でも、あいつらしいよ。

御影石の上に、花びらが静かに落ちてくる。

鏡屋は桜を見上げた。俺も顔を上げる。

枝のあいだから春の光が零れてきれいだ。浩一の墓の上を飾る桜は満開を過ぎており、風に揺られるたび、惜しげもなく花を降らせる。白っぽい薄紅は、あの夜の雪を思い出させた。

ひろちゃんが生まれた夜。浩一がいてくれた冬の夜。

しんしんと降る雪。

ぽたぽたと顔に降る、浩一の涙。

ひとりで残された朝の、凍えるような寒さ……。

ああ、でも今は春だ。頬で温もりを感じたくて、俺はマスクを外す。浩一に、ちゃんと顔も見せたいしな。三十七になってるのに、いまも時々「先生、可愛い」って言われるんだぞ。まあ、おもに中高年女性の患者さんにだけど。

「わっ……」

ひときわ強い風が吹いた。

桜吹雪が俺を包む。今もみっちゃんは可愛いよ、とでも言いたげに。花びらが一枚、ふわりと唇を掠めていって……思わず笑みが零れた。鏡屋はそんな俺を見ないふりしてくれている。

浩一。

残念ながら同着一位はまだ現れていない。

今も一番、愛しているよ。

本書は、二〇〇二年二月に笠倉出版社、二〇一〇年十一月に白泉社より刊行された作品を改稿し、文庫化したものです。

永遠の昨日

榎田尤利

令和4年 3月25日　初版発行
令和4年 12月5日　3版発行

発行者●山下直久

発行●株式会社KADOKAWA
〒102-8177　東京都千代田区富士見2-13-3
電話　0570-002-301（ナビダイヤル）

角川文庫 23109

印刷所●株式会社KADOKAWA
製本所●株式会社KADOKAWA

表紙画●和田三造

●お問い合わせ
https://www.kadokawa.co.jp/（「お問い合わせ」へお進みください）.
※内容によっては、お答えできない場合があります。
※サポートは日本国内のみとさせていただきます。
※Japanese text only

ISBN 978-4-04-111967-9　C0193

角川文庫発刊に際して

角川源義

第二次世界大戦の敗北は、軍事力の敗北であった以上に、私たちの若い文化力の敗退であった。私たちの文化が戦争に対して如何に無力であり、単なるあだ花に過ぎなかったかを、私たちは身を以て体験し痛感した。西洋近代文化の摂取にとって、明治以後八十年の歳月は決して短かすぎたとは言えない。にもかかわらず、近代文化の伝統を確立し、自由な批判と柔軟な良識に富む文化層として自らを形成することに私たちは失敗して来た。そしてこれは、各層への文化の普及滲透を任務とする出版人の責任でもあった。

一九四五年以来、私たちは再び振出しに戻り、第一歩から踏み出すことを余儀なくされた。これは大きな不幸ではあるが、反面、これまでの混沌・未熟・歪曲の中にあった我が国の文化に秩序と確たる基礎を齎らすためには絶好の機会でもある。角川書店は、このような祖国の文化的危機にあたり、微力をも顧みず再建の礎石たるべき抱負と決意とをもって出発したが、ここに創立以来の念願を果すべく角川文庫を発刊する。これまで刊行されたあらゆる全集叢書文庫類の長所と短所とを検討し、古今東西の不朽の典籍を、良心的編集のもとに、廉価に、そして書架にふさわしい美本として、多くのひとびとに提供しようとする。しかし私たちは徒らに百科全書的な知識のジレッタントを作ることを目的とせず、あくまで祖国の文化に秩序と再建への道を示し、この文庫を角川書店の栄ある事業として、今後永久に継続発展せしめ、学芸と教養との殿堂として大成せんことを期したい。多くの読書子の愛情ある忠言と支持とによって、この希望と抱負とを完遂せしめられんことを願う。

一九四九年五月三日